Whiskey Jar

Ungekürzte Taschenbuchausgabe
1.Auflage Mai 2020
©Thomas Ebeling
Bibliografische Information der
Deutschen Nationalbibliothek:
Die Deutsche Nationalbibliothek verzeichnet
diese Publikation in der Deutschen
Nationalbibliografie;
detaillierte bibliografische Daten sind
im Internet über: dnb.dnb.de abrufbar.
Coverbild: »Foxhound«
George Stubbs, 1724-1806,
Wiki Commons, public domain, gemeinfrei.
Bild Gehirn :Katja von Pixabay
Cover Gestaltung:
Orthen Design Würzburg
Herstellung und Verlag: BoD – Books on Demand,
Norderstedt
ISBN: 9783753476476

Zu diesem Buch:

Diese Erzählung ist frei erfunden. Lediglich der Titel und zwei Namen wurden von dem irischen Volkslied »Whiskey in the jar« entlehnt. Es gab auch die historische Figur William Godfrey, ein Mann seines Namens war Ende des 18.Jahrhunderts tatsächlich High Sheriff in Kerry. Seinen Titel als Lord erwarb er jedoch später. Diese historische Person hat aber mit der Person in der Geschichte nichts zu tun, er diente mir nur als Inspiration. Sein Charakter und seine Verhaltensweisen sind völlig frei erfunden. Ähnlichkeiten mit lebenden oder toten Personen sind rein zufällig und nicht beabsichtigt.

Thomas Ebeling

WHISKEY JAR

NOVELLE

Der Wanderer

Der Regen hatte schon längst alles durchdrungen. Den Lederdreispitz, meinen langen Ledermantel. Selbst auf See hatte er mir gute Dienste geleistet und war nur selten so durchnässt gewesen. Aber heute schienen sich die Elemente gegen mich verschworen zu haben. Der Weg führte gewunden durch die Berge, welche die Countys von Cork und Kerry trennten. Ich schätzte die restliche Strecke nach Killarney auf etwa zwei bis drei Stunden. Es würde knapp werden, diesen Weg noch vor Einbruch der Dunkelheit zu bewältigen. Dennoch, ich musste es schaffen. In dieser üblen Gegend trieben Banden ihr Unwesen. Zwar war bei mir nicht allzu viel zu holen, aber bei diesem Wetter ausgeraubt und womöglich all seiner Habseligkeiten verlustig zu gehen, um dann in Unterhosen nach Hause zu kommen, diese Vorstellung war mir ein Graus. Einige Jahre war ich nun fort gewesen, auf See bis in die Kolonien nach Amerika und zurück gekommen, war zu etwas Geld gekommen, wenn auch nur ein wenig. Nein. Ich würde mich wehren können. Ich hatte eine gute Pistole die geladen unter meinem Mantel verborgen war. Das Pulver in den beiden Läufen war bisher trocken geblieben, so meine Hoffnung. Und wenn es nass werden sollte, hätte ich immer noch das gute, alte Entermesser an meiner Seite. Dem hatten Seewasser und Regen nichts anhaben können, außer ein paar rostigen Stellen war es gut in Schuss und scharf wie eine Rasierklinge. Nein, ihr Räuber! Ich würde kein leichtes Opfer für Euch sein! Meine Pennies würden auch euer Blut fordern. Gestern war ich erst von Bord der »Maiden of Cork« gegangen. Das war eine Handelsbrigg, deren Eigner in Dublin saßen. Bis zum Steuermann hatte ich es auf ihr gebracht. Eine gute Karriere für einen spät berufenen Seemann, denn die meisten Besatzungsmitglieder waren bereits als Kinder zur See gefahren und trotzdem immer nur einfache Matrosen geblieben. Zudem war es ein Glück, wenn man Lesen und Schreiben gelernt hatte, so wie mein Bruder und ich. Da unsere Mutter viel zu früh an

der Ruhr gestorben war, ging das Geld schnell zu Ende und mein Bruder und ich mussten selbst für uns sorgen. Die Seefahrt hatte mich schon immer in den Bann gezogen und so hatte ich nach der Zeit beim Militär angeheuert. Aber wie schlecht war das Leben an Bord! Verdorbene Lebensmittel, fauliges Wasser und Skorbut. Und das waren noch die gewöhnlichen Umstände. War eine ansteckende Krankheit an Bord, kam nicht selten die ganze Besatzung ums Leben. Man erzählte von Geisterschiffen, deren Besatzungen dahingerafft worden waren und das Schiff dann führerlos über die Meere fuhr, bis es irgendwo zerschellte oder im Sturm sank. Von Steuermännern, die sich mit letzter Kraft an das Steuerrad gebunden hatten und dann auf ihrem Posten verstorben waren. Und wenn die ansteckende Krankheit nicht alle getötet hatte, dann ließ man die Überlebenden nicht in die Häfen. Doch ich hatte im letzten Jahr Glück; nur drei Zähne waren mir ausgefallen, und ich hatte den Skorbut überwinden können. Noch dazu Backenzähne, so dass sich Molly weiter an meinem schönen Lächeln erfreuen würde können.

Molly. Ob sie mir treu geblieben war? Nun, ich war es ja nicht immer. Was in einem fremden Hafen in den Kolonien einem betrunkenen Seemann so alles widerfährt, hat aber nichts mit Untreue zu tun. Vielmehr mit dem Gefühl, der Hölle entronnen zu sein und nun das Leben noch einmal richtig genießen zu müssen.

Aber sie hatte mir geschworen, dass sie mich für alle

Zeit liebt und mich nie betrügen würde. Und nun war ich auf dem Weg zurück zu ihr.

Die Straße war schlecht. Wie alles in diesem Land. Ich hatte nie verstanden, warum Vater von England weggegangen war, um hier in Irland, dieser rückständigen Provinz, als Arzt zu praktizieren. Gut, er hatte sich in Mutter verliebt. Und er hätte sie bestimmt geheiratet, wären da diese verdammten Religionsgrundsätze nicht gewesen. Mutter war zutiefst katholisch, er Protestant. Es war die große Liebe, hatte Mutter gesagt. Er hat uns oft besucht, meistens nachts. Wir Jungs mussten immer hinausgehen, wenn er kam. Ich kann mich nicht einmal mehr an sein Gesicht erinnern. Doch als Mutter starb, war er plötzlich weg. Und wir zwei Brüder gingen zur Armee.

Verdammt. Nun waren meine Stiefel ebenfalls durchnässt. Ich hatte sie gestern noch extra eingefettet, um sie widerstandsfähiger zu machen. In Gedanken war ich in eine tiefe Pfütze getreten und nun verursachte jeder Schritt ein schmatzendes Geräusch.

Da der Himmel sehr wolkenverhangen war, hatte man den Eindruck, es würde bereits dämmern. In einiger Entfernung erkannte ich eine Gestalt, die sich unter einem Felsvorsprung vor dem Regen versteckte und scheinbar versuchte, ein Feuer zu entzünden. Bisher rauchte es aber nur, denn trockenes Brennholz war hier kaum zu finden.

Ich dachte bei mir, der Felsvorsprung konnte schlecht Privateigentum sein und würde den Fremden um einen Platz an seinem Feuer bitten.

Erst als ich näher kam, konnte ich den Mann genauer erkennen. Er hatte eine stattliche Erscheinung, war groß und breit, sein linkes Auge wurde von einer schwarzen Augenklappe verdeckt. Sein Bart war schwarzgrau und er trug einen roten Gehrock. Sofort fielen mir die goldenen Knöpfe auf. Auf dem Kopf hatte er einen schwarzen Dreispitz. Seine Kleidung sah etwas abgetragen aus. Als er mich bemerkte, und das war sehr spät, da ich von seiner linken Seite auf ihn zukam, packte er eiligst einen Haufen silberner und goldener Münzen in einen Lederbeutel. Scheinbar hatte er gerade sein Geld gezählt.

»Guten Abend, Sir. Darf ich mich zu Ihnen an das Feuer gesellen? Es ist sehr ungemütlich, im Regen zu wandern«, sprach ich ihn sodann an.

Zögernd musterte mich der Mann, dann stand er aber auf und bot mir einen Platz auf der rauchfreien Seite des Feuers an.

»Wer bist Du und wo willst Du hin?«, fragte er mit einer tiefen, rauen Stimme.

»Mein Name ist Ian O'Sullivan, Sir. Ich bin auf dem Weg nach Killarney. Und mit wem habe ich das Vergnügen?«

»Mein Name ist Captain Farrel, Jungchen. Du bist Seemann, oder?«

»Jawohl, Sir. Sieht man das so sehr?«

»Das will ich meinen, Junge. Ein Entermesser und Seestiefel. Ein braun gebranntes Gesicht um diese Jahreszeit, raue Hände. Sehe ich sofort. Ein Seemann, und, wenn's beliebt, noch keine Woche an Land.«

Ich zog die Augenbrauen hoch. Ganz erstaunlich, dieser Captain!

»Sie sind ein vorzüglicher Beobachter, Sir. Sie haben recht, ich bin erst aus den Kolonien zurück. Und Sie, Sir? Sind Sie auch auf dem Heimweg?«

»Wie man's nimmt, Junge, wie man's nimmt. Mit einem Auge muss man besser hinsehen, als mit zwei.« Seine Antwort blieb wage. Was hatte er alles innerhalb von wenigen Minuten über mich herausgefunden. Ich ärgerte mich über meine Redseligkeit.

»Na, Junge? An was denkst Du? An Dein Mädchen?«

»Äh, an zu Hause. Meine Mutter erwartet mich schon lange. Sie wird überrascht sein, wenn ich heute komme«, log ich nun.

»Deine Mutter. So, so.«

Der Captain grinste.

»Nun, wenn Du willst, bleib heute Nacht hier am Feuer. Ich habe eine trockene Decke für Dich. Aber Du müsstest dafür mein Pferd absatteln und trockenreiben.«

Ich dachte kurz nach. Zwei Stunden im strömenden Regen weiterlaufen, mit wunden Füßen, oder hier im Trockenen ausruhen. Die Wahl fiel mir leicht.

»Danke, Sir«, sagte ich, »Das ist ein guter Vorschlag. Ich kümmere mich gerne um Ihr Pferd.«

Ich stand auf und ging zum Pferd des Captains, das etwas weiter hinten am Felsen stand, aber trotzdem vom Regen geschützt war. Dann löste ich die Sattelschnallen unter dem Bauch des Pferdes und wuchtete den nassen Ledersattel herunter. Er war schwer. Als ich ihn neben dem Feuer absetzte, sah ich, dass der Captain erneut sein Geld in den Lederbeutel zählte.

Wieder dachte ich an Molly. Was hätte ich ihr alles mit so einem Sümmchen bieten können? Ein Haus oder womöglich eine kleine Farm? Oder gar eine Passage in die neue Welt? Ich starrte auf den Lederbeutel. Das entging Capt'n Farrel nicht.

»Komm' mir nicht auf dumme Gedanken, Junge!«, sagte er, »Du würdest es Dein ganzes Leben bereuen!«

»Nein, nein, Capt'n, Sir. Ich bin ein gesetzestreuer, gottesfürchtiger Mann. Ein Raub bring einen Mann an den Galgen, Sir.«

»Genau. Vergiß' das nie!«

Am Abend erzählte mir der Captain, dass er bei der königlichen Armee gedient habe und in Westindien zu einigem Vermögen gekommen sei. Nun wolle er sich ein Stückchen Land kaufen und niederlassen. Womöglich werde er noch einmal heiraten. Ja, er wisse, dass er ein alter, hässlicher Mann sei. Aber sein Vermögen würde ihm so manches Jungfernzimmer öffnen. So sei er guter Dinge, mit einer jungen Frau noch einige gute Jahre haben zu können.

Auf meine Frage, wie er sein Vermögen gemacht habe, wich er aus. Er habe nach seinem Armeedienst unter anderem Arbeitskräfte vermittelt und auch entlaufene Sklaven gegen Lohn eingefangen. Das sei auf den Westindies ein gut bezahlter Job.

Aber alleine dadurch so ein Vermögen zu erwirtschaften? Es erschien mir unglaubwürdig.

In der Nacht konnte ich nicht schlafen. Dauernd dachte ich an Molly. Meine 5 Guinees genügten gerade einmal für neue Kleider und Schuhe, vielleicht noch für die Hochzeit. Eigentlich kam ich mit leeren Händen nach Hause.

Mitten in der Nacht schlich ich mich zum Captain, der auf der anderen Seite des Feuers lag und nahm seinen Geldbeutel an mich. Doch der alte Soldat war wachsam.

»Ha! Das hab' ich mir gleich gedacht, dass ein Lump in Dir steckt!« Er hatte eine Pistole unter seinem Sattel versteckt, die er blitzschnell gezogen hatte und nun auf mich richtete. Hätte ich schneller reagiert, hätte er nicht den Hahn spannen können, um auf mich zu feuern.

»Das Recht ist auf meiner Seite! Ich töte Dich, Du Hund!«

»Sir, entschuldigen Sie, bitte«, hörte ich mich flehen, »das war eine große Dummheit!«

»Wie wahr. Aber glücklicherweise Deine Letzte!« Er drückte ab. Doch die Pistole versagte, scheinbar war das Pulver nass geworden. Ich riss mein Entermesser aus der Scheide und schlug auf ihn ein. Der Captain hob die Hand mit der Pistole und wehrte den Hieb ab. Doch die Pistole rutschte ihm dabei aus der Hand. Ich schlug ihm mit dem Griff des Entermessers auf sein Gesicht und traf sein gesundes Auge. Er stöhnte auf.

»Verdammter Bastard«, brüllte der alte Offizier vor Schmerzen, »Ich bin blind!«

»Das hast Du nun davon, Captain Farrel!«, schrie

ich ihn an.

Ich nahm das Geld, raffte meine Sachen zusammen, verjagte das Pferd und rannte in die Nacht.

Es hatte zu regnen aufgehört. Im Sternenlicht erkannte ich den Weg, der mich nach Killarney führen sollte.

Im Kerker

»Das ist nun die Geschichte, wie Sie zu diesem Sümmchen gekommen sind, Mr. O'Sullivan?«

Mit hochgezogenen Augenbrauen hatte Sheriff Adam Collins in Killarney die Geschichte des Gefangenen zur Kenntnis genommen.

»Sie geben also an, einen Beutel voll Geld unrechtmäßig durch Raub an sich gebracht zu haben, indem Sie einen gewissen Captain Farrel mit Waffengewalt überwältigt und niedergeschlagen haben?«

Der Beamte zeigte auf den Lederbeutel, die auf dem Tisch in dem kargen Verhörraum des Kerkers lagen.

»Und das etwa zwei Gehstunden entfernt von hier östlich an der Straße nach Cork?«

»Ja, aber diese 5 Guinees sind meine. Es fehlt noch ein Beutel. Ich habe Farrel auch einen Beutel abgenommen.«

»Das überrascht mich. Ein Geständnis ohne Anklage. Fürchten Sie das Gesetz nicht?«

»Doch«

»Warum belasten Sie sich dann selbst? Es hat bisher noch keine Anzeige von einem Captain Farrel oder jemand anderem gegeben. Nur der Besitz des Geldes ist noch kein Grund für eine Anklage.«

»Ich habe den Mann ausgeraubt. Aber er hat es sich zurückgeholt.«

Der Sheriff runzelte die Stirn.

»Wenn es kein Opfer gibt, wie soll ich dann ein Verbrechen ahnden? Nun gut, da Sie sich selbst belasten, bleiben Sie bis auf Weiteres in Gewahrsam. Wir werden Ihre Identität und die dieses Captains überprüfen. Westindien sagten Sie? Und wie hieß Ihr Schiff?«

»Die »Maiden of Cork«, Sir. Vielleicht hat jemand den Captain ermordet, verscharrt und alle Beweise vernichtet. Er hatte ein Pferd und einen guten Armeesattel. Ausserdem trug er einen roten Rock, ich glaube, einen alten Uniformrock des Königs. Das habe ich gleich gesehen, schließlich war ich selbst Soldat.«

»Mann, was tun Sie denn? Auf Raub steht auch der Galgen, auf Mord sowieso. Warum zur Hölle belasten Sie sich selbst?«, rief der Sheriff nun.

»Um meinen Seelenfrieden zu finden.«

Der Beamte schlug das Buch, in das er sich Notizen gemacht hatte, zu und schüttelte den Kopf. Dann hieß er die Wache, den Gefangenen abführen zu lassen.

»Sir, wenn Sie erlauben?«

»Was ist denn, Jenkins?«

Der Assistent des Sheriffs, der die ganze Zeit im Hintergrund zugehört hatte, kam näher:

»Sir, ich kenne den Weg von Cork bis hierher sehr gut. Ich bin ihn schon viele Male gegangen.«

»Und?«

»Es gibt auf dem Weg keinen einzigen Felsvorsprung, der zwei Personen und einem Pferd Schutz vor Regen bieten könnte. Eigentlich gibt es am Weg entlang nicht einmal Felsen. Sie liegen alle höher in den Hügeln.«

»So? Das wird ja immer mysteriöser. Entweder ist der Mann verrückt oder erzählt uns ein Märchen. Aber warum?«

Wieder legte Sheriff Collins die Stirn in Falten.

»Wer zur Hölle ist dieser Captain Farrel? Besorgen Sie mir umgehend eine Abschrift der Mannschaftsliste der »Maiden of Cork«, und fragen Sie bei der Verwaltung in Cork nach diesem Mann. Und finden Sie heraus, woher dieses verdammte Geld kommt. Ansonsten soll der Richter den Mann verurteilen und hängen lassen. Das Geld fällt dann nach Abzug unserer Aufwandsentschädigung an die Krone.«

»Jawohl, Sir«

»Haben Sie das Geld gezählt, Jenkins?«

»Natürlich, Sir! 5 Guinees, 4 Shilling und 32 Pennies. Ich habe alles in die Bücher eingetragen, wie es Vorschrift ist.«

»Hm. Gut, das ist alles für den Moment. Sie können gehen«, murmelte der Sheriff.

»Jawohl, Sir.«

Collins starrte auf den Beutel. Ein hübsches Sümmchen, fürwahr.

Molly

Bis Sonnenaufgang waren es nur noch wenige Stunden. Ich rannte den Weg entlang in Richtung Killarney. Was hatte ich nur getan? Captain Farrel würde, wenn er zu sich kam, eilends zum Sheriff gehen und mir die Kopfjäger der Justiz auf den Hals schicken. Ich hätte ihn besser töten sollen, diesen Mann. Aber eben das hatte ich nicht gewollt: Zum Mörder werden.

Captain Farrel hatte mich nicht erkannt. Warum auch? Einen der Niedersten seines Bataillons sah ein Captain nicht an.

Ja, ich hatte unter ihm gedient. In Westindien, vor vielen Jahren. Zusammen mit meinem Bruder Brodie. Dieser besagte Captain hatte die Männer geschunden und war am Ende mit der Regimentskasse abgehaun. Ich war damals erst 14 Jahre alt und Trommler, mein Bruder drei Jahre älter und einfacher Fußsoldat.

Nein, nicht ich, sondern Captain Farrel war der Verbrecher. Er war auch Schuld daran, dass ich von meinem Bruder getrennt wurde. Farrel hatte eine Abteilung von Soldaten inklusive Brodie auf ein Schiff der East India Company geschickt. Eigentlich hat er sie an den Kommandanten verkauft. Seitdem hatte ich Brodie nicht mehr gesehen und nichts von ihm gehört. Personalvermittlung, ha! Farrel war ein Menschen- und Sklavenhändler wie er im Buche stand.

Aber sein Geld, das war er jetzt los.

Und nun würde ich damit zu Molly gehen und mit ihr ein neues Leben beginnen. Weit weg von allen Farrels und Sheriffs dieser Welt.

Im Sternenlicht erkannte ich bereits in der Ferne die Umrisse des Castle Ross nahe Killarney, das sich deutlich vom Lough Leane abhob. Es war klar, aber kühl. Der Herbst war eingezogen und überall lag schon Laub auf den Wegen.

Langsam begann es im Osten zu dämmern. Nur noch wenige Meilen trennten mich von meinem Ziel. Immer wieder blickte ich mich um, ob ein Reiter hinter mir sei. Aber niemand verfolgte mich und ich traf auch sonst niemand auf der nächtlichen Straße. Doch was sollte ich Molly sagen, wenn ich so früh am Morgen ankam? Es würde befremdlich erscheinen und Molly würde bestimmt noch schlafen, denn sie arbeitete im »Whiskey Jar«, einem Gasthaus mitten in Killarney.

So entschied ich mich, etwas zu rasten und zumindest die ersten Morgenstunden abzuwarten. Solange würde ich die Straße im Auge behalten, falls Farrel sich auf die Suche nach mir gemacht hatte. Ich bezog Posten an einem Felsen etwas abseits der Straße und machte es mir an seinem Fuße bequem.

Irgendwie fielen mir aber doch die Augen zu, denn die Nacht war zu kurz und aufregend gewesen.

Als ich erwachte, schien schon die Sonne milchig durch den morgendlichen Dunst. Ich rappelte mich auf, nahm einen Schluck aus meiner Flasche und packte mein Bündel. Dann machte ich mich daran, den restlichen Weg zu gehen.

Kurz darauf kam ich in der kleinen Stadt an. Ich ging direkt zum »Whiskey Jar«. Alles sah noch genau so aus, wie vor zwei Jahren, als ich Molly verlassen hatte müssen. Was würde sie nun für Augen machen!

Noch war es früh am Morgen und das Gasthaus bestimmt noch geschlossen. Doch die Türe stand offen und eine Frau fegte den Dreck der letzten Nacht aus der Türe.

»Ham' noch zu! Um die Zeit krieg'ste noch nichts!«, war ihre nicht gerade einladende Aussage.

»Entschuldigen Sie, Ma'dam. Ich möchte auch noch gar nichts. Ich bin auf der Suche nach Molly.«

»Hier gibt's keine Molly nich'«, sagte die Frau spröde und abweisend.

»So? Sind Sie denn schon lange hier beschäftigt?«

»Wer will das wissen, hä? Und ob ich schon lang' hier schufte! Mindestens ein halbes Leben! Der Wirt is' mein Mann. Wir führen den Laden schon 10 Jahre!«

»Ach?«, fragte ich verwirrt. »Vor gut zwei Jahren habe ich hier eine Kellnerin kennengelernt, die Molly hieß. Ich hatte ihr versprochen, zurückzukommen und sie zu heiraten, wenn ich zu Wohlstand gekommen bin.«

Ein Grinsen huschte der nicht mehr ganz jungen Frau über das Gesicht und entblößte einige unschöne Zahnlücken.

»Und das hat sie Dir geglaubt? Ha, ich würde sagen, dass das eine Dirne war. Also, die einzige Molly hier ist unsere fette, alte Katze.« Mit dem Kinn zeigte sie in Richtung des Fensters, auf dessen Bank eine alte, dicke Katze schlief.

Ich starrte die Katze an. Sie öffnete die Augen und starrte zurück.

Verhör

»Sie sagen also, dass eine gewisse Molly auf Sie gewartet hätte. Mit dieser wollten Sie auswandern?« Der Sheriff von Killarney blickte über seine Drahtgestellbrille den Gefangenen an. Dieser sah sehr schlecht aus, er stank und seine Kleidung war zerrissen und schmutzig.

»Ja, Sir. Entweder auswandern oder hier neu beginnen. Alles, was sie sich gewünscht hätte.«

»Nun, wie haben Sie besagte Molly gefunden? Im »Jar« war sie ja unbekannt, obwohl sie angegeben haben, diese Frau dort kennengelernt zu haben. Hatten Sie mit ihr eine intime Beziehung?«

Ein Lächeln huschte über das Gesicht des Gefangenen.

»Ich habe mehrfach bei ihr übernachtet. Es war Liebe auf den ersten Blick.«

»So, so. Das die Dame eventuell vom Gewerbe sein könnte, ist Ihnen damals nicht in den Sinn gekommen?«

»Natürlich nicht, Sir. Sie erschien mir ganz und gar ehrbar zu sein.«

»Nun, wie haben Sie sie dann schlussendlich gefunden? Sie sagten gerade aus, dass die Wirtin, äh, Misses Marlowe, keinerlei Kenntnis von einer Angestellten namens Molly gehabt habe.«

»Das war in der Tat etwas seltsam. Als ich nach einem Frühstück fragte, wofür ich meine Bonität nachweisen musste, schien sie in sich zu gehen und nachzudenken. Sie kam dann darauf, dass eine Lilly-Mae oder Mary-Lou bei ihr gearbeitet habe, die auch Molly genannt wurde. Sie war aber an diesem Tag nicht in Killarney.«

»Ja, das deckt sich mit der Aussage der Wirtin. Sie hat angegeben, eine gewisse Mary-Louise bei sich beschäftigt zu haben. Diese ist aber seit einigen Tagen verschwunden.«

»Sehen Sie. Das ist Molly! Sie müssen sie finden!«

»Eins nach dem anderen. Noch suchen wir sie nur als Zeugin. Lassen Sie uns fortfahren. Wie ging es nach dem Frühstück im Gasthaus »Whiskey Jar« weiter?«

»Ich nahm Logis im besagtem Haus. Die Wirtin gab mir sogar Mollys Kammer als Wohnstatt.«

»Haben Sie die Örtlichkeit wiedererkannt? Ich meine, Sie waren doch zwei Jahre zuvor schon dort.«

»Nun, es war eine Dienstbotenkammer unter dem Dach, ja. Etwas anders eingeräumt als damals, aber ganz klar Mollys Kammer.«

»Sind Sie sicher?«

Der Gefangene hielt inne. Er zuckte mit den Schultern.

»Gut. Was haben Sie dann gemacht?«, fragte Collins weiter.

»Ich habe den Tag im Bett verbracht, schließlich hatte ich eine kurze Nacht hinter mir.«, sagte der Inhaftierte.

»Kam diese Molly noch am gleichen Tag zurück?«

»Nein, Sir. Am Abend wurde ich munter und ging runter in den Gastraum. Ich wollte etwas essen und trinken. Schließlich hatte ich genug Geld um von nun an jeden Abend im Gasthaus zu essen.«

»Wie lange saßen Sie dort, O'Sullivan?«

»Bis die Wirtsleute den Laden dicht machten. Der Wirt war so freundlich, mich zu Mollys Kammer zu bringen.«

»Was geschah dann?«

»Ich weiß es nicht. Ich habe geschlafen. Aber jemand muss Wasser in meine doppelläufige Pistole gefüllt haben!«

Der Beamte kratzte sich am Kinn.

»Laut Aussage der Wirtin kam am Morgen besagte Molly nach Hause und war sehr erschrocken, Sie in ihrem Bett zu sehen. Für die Frau seien Sie ein Unbekannter gewesen.«

»Das ist eine Lüge. Als ich am Morgen aufwachte, drangen mehrere Männer in die Kammer. Sie standen unter Befehl von Captain Farrel. Ich konnte mich nicht wehren, da beide Läufe meiner Pistole versagten. Sie schlugen mich nieder. Ich wachte dann hier im Gefängnis wieder auf. Und noch einmal: Es waren zwei Geldbeutel! Ich will wissen, wer mich ins Gefängnis gebracht hat. Farrel war bestimmt dabei!«

»Sie wurden betrunken und bewußtlos hier abgeliefert. Und zwar von den Wirtsleuten. Sie haben laut deren Aussage Gäste und Bedienungen belästigt und bedroht. Einen Captain Farrel oder einen seiner Schergen hat niemand gesehen. Auch keine Pistole oder eine Stichwaffe wurden sichergestellt, Mann. Es ist offensichtlich, dass hier jemand lügt.«

»Sir!«, brauste der Gefangene nun auf, »Ich bin es nicht! Im Gegenteil. Hätte ich mich sonst belastet? Hinter allem steckt Farrel!«

»Ihre Geschichte in allen Ehren. Aber es gibt keinen Captain Farrel in Killarney. Auch in Cork kennt niemand eine Person mit diesem Namen oder jemanden auf den Ihre Beschreibung passt. Die »Maiden of Cork« ist bereits ausgelaufen, es gibt eine Abschrift der Besatzungsliste. Ihr Name ist nicht darauf.«

»Ich habe ja auch abgemustert!«

»Auch auf der alten Besatzungsliste sind Sie nicht vermerkt. Wohl aber ein Passagier, von dem jede Spur fehlt. Ein gewisser John Cormick.«

Der Gefangene zuckte bei diesem Namen.

»Nie gehört. Wer soll das sein?«

»Das frage ich Sie. Dieser Cormick soll einigermaßen vermögend gewesen sein. Schließlich reiste er in einer Privatkabine.«

»Ich habe keine Ahnung«, war die schlichte Antwort des Inhaftierten.

Der Sheriff hatte vorerst genug. Durch die vielen widersprüchlichen Aussagen konnte er noch immer kein genaues Bild der Vorgänge im »Jar« und in Cork rekonstruieren. Man müsste diese Molly, den Passagier der »Maiden of Cork« oder diesen Farrel finden. Zudem fehlten das Entermesser, die Doppelpistole und ein Beutel voll Geld. Sollte einer dieser Gegenstände auftauchen, würde er vielleicht Licht ins Dunkel bringen. Dieser O'Sullivan, wenn er überhaupt so hieß, war ein Rätsel. Sein Name wies auf irische Wurzeln hin.

Aber dieser Name war sehr häufig.

Wobei, wie hätte ein Ire in der britischen Armee dienen können? Aufgrund der Penal Laws war Ihnen dies ebenso verboten wie Waffen zu tragen oder öffentliche Ämter zu bekleiden.

Andererseits glaubte der Sheriff der Aussage nicht, denn wenn sein Vater Engländer gewesen war, warum hatte er dann einen irischen Namen? Es musste Aufzeichnungen über diesen Vater geben. Wo hatte er praktiziert? Wann war er aus England gekommen? Gab es noch lebende Verwandte? Anfragen bei der Armee, bei der Marine und bei der westindischen Kompanie waren bereits unterwegs, um diesen Farrel ausfindig zu machen. Zudem lief eine Fahndung nach dieser Molly. Kopfzerbrechen machte zudem die Herkunft des Geldes. Laut Angabe O'Sullivans sollen es mehr als 200 Pfund in Gold und Silbermünzen, dazu ein paar spanische Golddublonen, die zumindest auf die spanischen Besitzungen in Amerika hinwiesen, gewesen sein. Natürlich war das aber nur ein Hinweis auf die Herkunft des Geldes.

Er musste abwarten. Solange würde er täglich diesen Ian O'Sullivan verhören. Sollte sich herausstellen, dass das Vermögen von dem Passagier Cormick stammt, könnte es sein, dass dieser ebenfalls ein Opfer einer

Gewalttat war. Die 5 Guinees und das Kleingeld sahen eher wie eine Reisekasse, als das hart Ersparte eines Seemannes aus.

Einen Steuermann namens O'Sullivan hatte es auf der »Maiden of Cork« jedenfalls nicht gegeben.

Messer und Pistolen

Früh am Morgen polterte es an der Türe. Mit Gebrüll stießen zwei schwerbewaffnete Männer die Kammertüre auf. Molly war weg. Gestern Nacht war sie doch mit mir nach oben gegangen. Geschworen hatte sie, mich nie zu verlassen.

»Raus, O'Sullivan! Los, raus!«, schrien die Kerle.

Ich tastete nach meiner Doppelläufigen. Ich bekam sie zu fassen und drückte ab. Doch nur ein leichtes Zischen auf der Zündpfanne ließ mich ahnen, dass die Waffe versagte. Ich drückte nochmal ab, aber auch der zweite Lauf versagte.

»Damit hast Du nicht gerechnet, was?«, blaffte mich der eine an.

»Los, auf! Der Captain hat eine Rechnung mit Dir offen.«

Sie packten mich und schleppten mich die Treppe hinunter in den Gastraum. Vom Wirtsehepaar und Molly war keine Spur zu sehen. Dafür stand, mit blauem Auge, Captain Farrel, wie der Leibhaftige persönlich vor mir.

»So. Hast wohl geglaubt, Du könntest mir entkommen, O'Sullivan? Der Name kam mir gleich bekannt vor. Du und Dein dreckiger Bruder dientet in meinem Regiment. Das ist mir gleich eingefallen. Das Geld wirst Du mir zurückgeben. Aber, dass Du mir beinahe mein gutes Auge ausgeschlagen hast, dafür wirst Du bezahlen.«

»Wo ist Molly, Farrel? Was haben Sie mit ihr gemacht?«

»Was wohl, Jungchen? Sie hat ihren Anteil bekommen und ist fort. Was meinst Du, wer Wasser in Deine doppelläufige Pistole gefüllt hat? Ja, mit Wasser kann man nicht schießen!«

Die Männer brachen in schallendes Gelächter aus.

»Sie hat mich verraten! Der Teufel soll sie holen. Sie und Dich, Captain Farrel!«

»Na, na, Jungchen! Immer mit der Ruhe. Ich will jetzt nur wissen, wo mein Geldbeutel ist. Dann bring ich Dich zum Sheriff. Sie werden Dich hängen!«

»Du bist ein Feigling, Farrel! Ein geldgieriger Feigling! Du hast ja nicht den Mumm, selbst mit mir zu kämpfen und schickst Deine Gehilfen. So wie damals!«, schrie ich ihn an.

»Was? Du nennst mich einen Feigling? Das lass'
ich nicht auf mir sitzen! Lasst ihn los, Männer! Hier!
Dein Entermesser, Jungchen. Nun zeig' mal, ob Du ein
Mann bist!«

Farrel warf mir das Entermesser zu. Er selbst zog
einen Armeesäbel und stellte sich lehrbuchmäßig in
Angriffsposition. Dabei lachte er schallend.

»Nur zu, Junge, zeig, was Du drauf hast! Ich mach
Dich zu Hackfleisch. Übrigens, bevor ich es Dir nicht
mehr sagen kann: Molly hat's wirklich drauf. Sie weiß,
wie man einen Mann verwöhnt!«

»Verdammtes Schwein!«, rief ich und stürzte mich
auf den alten Offizier.

Er wehrte meinen Hieb locker ab und stieß mich gegen einen der Tische.

»Oho, unser Drummerboy braucht mehr Platz für
seine Lektion. Los, Männer, räumt die Tische weg!«,
brüllte er und lachte wieder. Ich rappelte mich auf
und ging geduckt mit gezücktem Entermesser in eine
Abwehrhaltung. Diesmal startete er den Angriff. Mit
zwei, drei schnellen Schritten kam er fast tänzerisch auf
mich zu und setzte einen gezielten Stich in Richtung
meiner Brust. Mit letzter Not konnte ich den Angriff
parieren. So einen behänden und geschickten Angriff
hätte ich dem großen und schweren Captain gar nicht

zugetraut.

»Gut pariert, Trommler! Hattest wohl viel Übung auf See, was? Aber nun nimm das!«

Noch einmal griff er mich an, diesmal endete sein Angriff aber nicht in einem Stich, sondern in einem gewaltigen Hieb, der nur deswegen in einer Tischplatte landete, weil ich mich geschickt auf den Boden rollte und so entkam. Schnell kam ich hinter Farrel wieder auf die Füße und schlug noch mit dem Entermesser nach seinem Rücken, aber nur die flache Seite meiner Waffe klatschte auf Farrels Hintern. Seine Männer mussten lachen.

»Verdammt!«, schrie er, »Ihr Bastarde! Zu wem haltet Ihr eigentlich?«

Ich nutze die Chance und stellte mich wieder in meiner Abwehrhaltung auf.

»Nun, Captain? Ist das schon alles?«, wagte ich frech zu rufen.

»Warte nur, Bürschchen! Jetzt hat dein letztes Stündchen geschlagen!« Wieder griff er mich frontal an, mit der massigen Wucht seines Körpers hieb er zweimal auf mich ein. Unglaublich schnell aufeinander folgten seine Attacken. Wieder wehrte ich sie mit Mühe ab. Bisher hatte er mich noch nicht erwischt. Aber lange würde es nicht mehr dauern, bis Blut floss.

Ich versuchte, ihn abzulenken.

»Warum haben Sie meinen Bruder und seine Kameraden verkauft, Farrel? Es waren Soldaten des Königs«

»Was? Was kommst Du mir jetzt mit der alten Geschichte? Willst wohl Zeit gewinnen. Na gut, ich sag's Dir. Weil ich die Chance dazu hatte, verstehst Du? Ein paar schwächliche irische Schützen gegen gutes Gold von der East India. Wenn das keine gute Gelegenheit war, weiß ich auch nicht!«

»Wie hieß das Schiff und der Kapitän? Ich muss meinen Bruder finden!«

»Erst parier' mal diesen Schlag, Junge. Dann bekommst Du vielleicht eine Antwort, wenn Du noch lebst!«

Erneut griff Farrel an. Aber es kam mir vor, als würde der Mann langsam müde. Ausserdem waren seine Attacken immer gleich aufgebaut, er hatte nur zwei bis drei Varianten. Diesmal gelang es mir erstaunlich leicht, den Schlag abzuwehren.

»Nun Captain? Wie hieß das Schiff?«

»Der Teufel soll dich holen! Es war die »Pride of Cornwall«, Kapitän William Anderson.«

Er griff nun mit weniger Kraft, dafür aber mit größter Wut an. Aber sein Angriff ging ins Leere und er stürzte zwischen Bänke und Stühle. Schnell war ich hinter ihm und gab ihm noch einen Tritt in seinen Allerwertesten. Seine Gefolgsmänner sahen sich gegenseitig peinlich berührt an.

»Los, packt ihn!«, rief einer von ihnen schließlich.

»Finger weg von dem Kerl, sonst brech ich Euch alle Knochen!«, brüllte Farrel,

»Das Schwein gehört mir, verstanden?«

Mit Entsetzen sah ich, dass Farrel in seinem Gürtel eine kleine Pistole trug, nach der er jetzt griff.

»Verdammt, Farrel! Sie sind also doch ein Feigling!«, hörte ich mich selbst sagen. War das nun mutig von mir oder einfach unendlich dumm?

»Du musst wissen, Trommler, dass Du nicht gewinnen kannst! Ich bring Dich um, so oder so!«

Wieder lachte der alte Soldat hämisch.

Da es mittlerweile draussen hell wurde, würde unser Kampf bald entdeckt werden. Sollte jemand dann den Sheriff rufen, konnte das meine Rettung sein, zumindest für den Moment.

Doch nur wenige Sekunden nach diesem Gedanken gingen bei mir buchstäblich die Lichter aus. Als ich erwachte, hatte ich Ketten an den Handgelenken und an meinem Fuß hing, ebenfalls an Ketten, eine schwere Eisenkugel.

Mr. und Mrs. Marlowe

»Ich habe Sie einbestellt, um die Vorgänge vom gestrigen Morgen und vorgestern Abend rund um diesen Ian O'Sullivan nochmals zu prüfen.«

Im Büro des Sheriffs saßen die beiden Wirtsleute und Besitzer des »Whiskey Jar«.

»Mrs. Marlowe. Bitte schildern Sie mir die Ankunft des besagten Herren noch einmal. Wann kam O'Sullivan bei Ihnen an?«

»Das muss vorgestern so um 8 gewesen sein, Sir. Genau weiß ich dass aber nich'. Ich hab gerade die Wirtsstube ausgefegt, als er auf der Straße vor mir stand. Er hat sofort nach einer Molly gefragt, und ich hab' ihm gesagt, dass wir hier keine Molly nich' ham'.«

»Sir, ich verstehe nicht, warum wir hier vorgeladen werden. Wir sind die Geschädigten dieses Irren. Er hat uns die ganze Einrichtung zerschlagen. Der Kerl ist ein kaputter Säufer. Wir verlangen Entschädigung!«, mischte sich nun der Wirt ein.

»Immer mit der Ruhe, Mr. Marlowe! Eines nach dem Anderen. Zunächst habe ich noch ein paar Fragen. Dass Ihnen eine Entschädigung zusteht, steht doch ausser Frage.« Noch blieb der Beamte ruhig. »Also, Mrs. Marlowe, was geschah dann?«

»Nun, der Mann hat nich' locker gelassen. Ich dachte mir, dass vielleicht eines der Mädels ihm vorletztes Jahr schöne Augen gemacht hat. So kam ich auf Polly oder Mary-Lou. Die war'n aber nich' da. Und der Mann wollte ein Frühstück und ein Bett. Da er Geld hatte und wir ja ein Gasthaus sind, hab' ich ihm ein Zimmer vermietet.«

»Gut, gut. Und wie ging es dann weiter?«

»Er hat gegessen und getrunken und hat sich hingehaun. Ich meine, schlafen gelegt. Am späten Nachmittag kam er dann herunter, und begann zu saufen.«

»Alleine?«

»Na, nich' ganz. Ein paar Gäste war'n ja schon da und je später es wurde, desto mehr hat der Kerl spendiert. Am Schluss hat er die ganze Kneipe freigehalten. Irgendwann war er so besoffen, dass mein Mann und ich ihn nach oben tragen mussten.«

»Kommen wir zu dieser ominösen Molly. Was haben Sie dazu zu sagen? Angeblich soll sie am Abend noch eingetroffen sein.«

»Was? Nee! Es gibt keine Molly!«

»O'Sullivan hat ausgesagt, dass sie mit ihm in die Kammer gegangen ist. Was sagen Sie dazu?«

»Ich hab' doch schon gesagt, dass wir ihn nach oben gebracht haben. Er hat im Suff fabuliert und mit seiner Molly geredet, ohne dass sie da war. Früh am Morgen, es war noch dunkel, ist der dann runter und hat randaliert. Mein Mann musste ihm kurzerhand mit dem Knüppel eins überziehen, damit er Ruhe gab. Dann haben wir ihm mit der Karre hier hergebracht. Das is' alles!«

»Und er hatte keine Waffen bei sich? Wir suchen eine doppelläufige Pistole und ein Entermesser. Ausserdem fehlt laut O'Sullivan ein weiterer Beutel mit Geld.«

Mrs. Marlowe wurde nun lauter:

»Was halten Sie von uns, Sheriff? Wir sind ehrbare Wirtsleute! Glauben Sie, wir bestehlen unsere Gäste? Dann können wir gleich zusperren! Nee, nee! Das sagen Sie uns nich' nach!«

»Beruhige Dich, mein Engel«, warf nun der Wirt ein, »Der Sheriff macht doch nur seine Arbeit. Sicher wird sich alles aufklären.«

Der Sheriff musste bei dem Wort »Engel« schmunzeln. Denn Mrs. Marlowe war alles andere als eine engelhafte Erscheinung. Manch einer würde sie wohl eher als Drachen bezeichnen. Aber er gewann schnell die Fassung wieder.

»Nun gut. Sollten die Waffen und das Geld nicht auftauchen, gehen Sie beide ins Gefängnis. Dann müssen Sie sich keine Gedanken mehr um ihre Kneipe machen. Ich gebe Ihnen hiermit die allerletzte Chance, Ihre Aussage zu bedenken. Ausserdem gibt es durchaus glaubwürdige Zeugenaussagen, dass in Ihrem Gasthaus Prostitution stattfindet. Wechselnde Kellnerinnen und leichte Mädchen sind bei Ihnen immer wieder angestellt gewesen. Auch die derzeitige Kellnerin Polly soll schon einige Gäste »verwöhnt« haben. Oder streiten Sie das auch ab?«

»Hören Sie, Sir! Was unsere Kellnerinnen und unsere Angestellten in ihrer Freizeit treiben, ist deren Privatvergnügen. Damit haben wir nichts am Hut!«

»Hm. Nun denn. Wenn Sie mir nichts über den Verbleib von Mr. O'Sullivans Privateigentum sagen können, steht hier im Moment Aussage gegen Aussage. Oder haben Sie noch etwas hinzuzufügen?«

»Wenn ich's recht bedenke, können wir ja nochmal das Zimmer absuchen. Vielleicht findet sich noch was«, gab die Wirtin etwas kleinlaut bei.

»Das ist doch eine ganz hervorragende Idee. Solange

bleibt ihr Mann unser Gast. Jenkins? Bringen Sie Mr. Marlowe in eine Zelle. Ich gebe Ihnen zwei Stunden Zeit, Madam. Dann erwarte ich sie hier an Ort und Stelle. Und bringen Sie besagte Polly gleich mit.«

»Aber, Sir!«, echauffierte sich die Frau. Doch der Sheriff hob nur die Hand.

»Das wäre dann alles.«

Waffenbrüder

Unter allen Dummheiten der Welt, die junge Männer begehen können, ist es wohl die Größte, von zu Hause abzuhauen und sich freiwillig beim Militär zu melden. Genau das machten mein Bruder Brodie und ich. Aber wie sollte man sonst der kleinstädtischen irischen Hoffnungslosigkeit entkommen können, um die weite Welt zu sehen? Noch dazu mit einem Brief unseres Vaters, der uns als Söhne eines Engländers auswies. Aber ansonsten hatte uns Vater im Stich gelassen. Als Mutter starb, machten wir uns noch am Tag ihrer Beerdigung auf den Weg. Rekrutiert wurde in jeder größeren Hafenstadt. Britische Regimenter dienten dem Vereintem Königreich in aller Welt. Eine kurze Ausbildung, strenges Exerzieren und ab nach Übersee. Schon am ersten Tag in der Armee dämmerte uns, dass das keine gute Idee gewesen war. Aber nun gab es kein Zurück mehr. Ich war 14 und wurde ein Trommlerjunge. Damit war ich für einen Trommlerjungen schon alt, der jüngste hier war 12. Ich lernte, den Marschrhythmus nach Befehl anzuschlagen, damit die Truppe gleichmäßig in Tritt kam. Ich schlug den Trommelwirbel bei Ehrenbezeugungen und bei Hinrichtungen. Die Trommel war beim einfachen Soldaten verhasst. Und der Trommler der geringste unter ihnen. Trotzdem bekam ich ein hübsches Jäckchen mit schönen Verzierungen. Darauf war ich sehr stolz. Dass Trommler im Gefecht ein leichtes Ziel waren und im Nahkampf quasi wehrlos, wußte ich da noch nicht. Da es fast Sommer war, als wir anmusterten, war das Soldatenleben bis auf die Schikanen der Offiziere auch ein Lustiges. Aber die ersten Monate vergingen wie im Fluge und schon bald sollten wir eingeschifft werden. Noch vor den Herbststürmen wollte man die Truppentransporter in Bewegung setzen. Wir sollten nach den Kolonien in Amerika geschickt werden, um dort gegen die Franzosen zu kämpfen, hieß es. Aber unsere Abteilung landete zuerst in Jamaika, welches die englischen Zuckerrohrfarmer aussaugten wie einen Schwamm. Dort hatte es einen Aufstand der afrikanischen Sklaven gegeben, der mit Hilfe frischer Truppen niedergeschlagen wurde. Zwei komplette Kompanien waren dazu nötig gewesen. Wir sollten nun dort den Rest erledigen und die Rebellen in den Bergen jagen. Die meisten erfahrenen Rotröcke waren wieder weitergeschickt worden, um am nächsten Kriegsschauplatz zu kämpfen. Viele waren wir nicht, aber in den Kolonien war eine Abteilung von hundert Mann schon eine beachtliche Streitmacht.

Eigentlich kämpften wir vor allem gegen Fieber, den Durst und das mörderische tropische Klima. Viele hatten Durchfall und waren geschwächt. Die Verpflegung war mies und die Offiziere gnadenlos. Auspeitschungen waren an der Tagesordnung.

Einer dieser Offiziere war ein gewisser Leutnant Farrel. Er war damals schon Ende Dreißig, ziemlich alt für einen Leutnant. Ihm fehlte noch die richtige Schlacht, um sich den Captainstitel zu holen. Er hatte aber andere Prioritäten, wie zum Beispiel, sich nebenher bei jeder Gelegenheit zu bereichern. Leider war das auf einer Insel voller Sklaven und Großgrundbesitzern schwierig. Das Kapital hier war schon verteilt. Und zwar ausschließlich an weiße Plantagenbesitzer. Das Kopfgeld, das sie auf die entflohenen Sklaven und auf Rebellen gesetzt hatten, war ein Anreiz, aber nicht unbedingt so groß, dass Farrel sich damit zufrieden gegeben hätte. Schließlich musste auch die Truppe bei Laune gehalten werden und es standen einfach zu viele andere über Farrel in der Hierarchie, die ebenfalls die gierige Hand aufhielten. Am Ende war es lukrativer, die entlaufenen

Sklaven wieder zu verkaufen, als sie für ein Kopfgeld abzuliefern. Nur tote oder beinahe tote Männer wurden zu ihren Herren zurückgebracht, gesunde und kräftige Sklaven brachten auf dem Markt wesentlich mehr ein. Ich nehme an, dass hier Farrel seine Kompetenzen im Bereich der »Arbeitskraftvermittlung« erworben hatte. Unser Einsatz auf der Insel dauerte fast ein halbes Jahr. Danach waren wir an das tropische Klima einigermaßen gewöhnt und hatten gelernt, was wir machen mussten, um hier nicht vor die Hunde zu gehen. Vor allem die Dinge langsam angehen, war die Devise. Ein paar Schläge mit dem Knüppel des Sergeants oder ein paar Hiebe mit der Peitsche waren allemal besser als sich bei der mörderischen Hitze zu überanstrengen. Die afrikanischen Sklaven machten es uns vor. Jeder Schlag, jeder Hieb machte einen gesunden Mann härter. Aber die Furcht vor der Peitsche wurde jedes mal geringer. Auch ich bekam sie oft zu spüren und das nicht selten ohne jeden Grund. Dennoch gehorchten wir, denn an ein Fortlaufen war nicht zu denken. Kein entlaufener Sklave hätte einem entlaufenen Weißen geholfen. Genauso umgekehrt. So ging es dann weiter nach den Kolonien in Nordamerika, zunächst nach Florida. Dann sollte es heim nach Europa gehen. Doch plötzlich brauchte ein Kapitän Soldaten für die East

India Company und ich wurde von Brodie getrennt. Fast 4 Jahre waren wir nun auf wechselnden Schauplätzen der britischen Expansion unterwegs gewesen. Immer waren wir zusammen. Nun war er mit einer Abteilung unserer Kompanie an einen Kapitän verkauft worden, der seine Seesoldaten durch eine Seuche an Bord verloren hatte. Ich selbst hatte zu dieser Zeit eine Fiebererkrankung, die ich aber nach einigen Tagen glücklich überstand. Mich hatten sie aber einfach zurückgelassen. Auch Farrel war verschwunden, mit ihm die gesamte Regimentskasse. Das war in Boston. Im Jahre 1760.

Polly

Nur eine Stunde, nachdem es der Sheriff angemahnt hatte, erschien die Wirtin, Mrs. Marlowe mit ihrer Angestellten Polly im Büro des Sheriffs. Die Frau trug ein Bündel mit sich und legte es schweigend auf den Tisch.

»Mrs. Marlowe. Miss Polly, nehme ich an. Ich freue mich, dass Sie so schnell zurück sein können. Was haben Sie mir denn da Schönes mitgebracht?«

»Sir, wir haben alles durchsucht und unter der Matratze diese Sachen gefunden. Ich schwöre bei Gott, dass ich nichts davon wußte.«

»Was ist das?«, fragte der Beamte und öffnete das Bündel, dass in ein Tuch eingeschlagen war.

Auf dem Tisch lagen nun eine doppelläufige Pistole und ein zerbrochenes, rostiges Entermesser.

»Nun, wir haben wie gesagt, alles durchsucht«, gab die Wirtsfrau an. »Jetzt können Sie meinen Mann frei lassen. Die Sachen waren unter der Matratze versteckt.«

»So, so. Unter der Matratze also. Und warum haben

Sie sie erst jetzt entdeckt? Und wo ist der zweite Beutel mit dem Geld?«

»Sir, glauben Sie mir bitte, es gab nie einen zweiten Beutel! Ich schwöre es! Hier. Polly kann es bezeugen, der Kerl hatte nur eine Geldbörse bei sich, und die haben wir abgegeben.«

»Das Problem ist nun, dass diese beiden Gegenstände, die Pistole und das Entermesser die Aussage des Ian O'Sullivan untermauern. Und sie beweisen, dass Sie zunächst gelogen haben.«

»Sir? Wieso denn das? Wir ham' von den Waffen vorher nichts gesehen. Ich möchte jetzt auch nochmal darauf hinweisen, dass noch Schäden zu bezahlen sind, die dieser Verrückte bei uns angerichtet hat. Wie sieht's denn damit aus?«

»Vorerst müssen Sie die Ermittlungen abwarten. Sie beide bleiben ebenfalls hier. Ich lasse nun den »Whiskey Jar« von meinen Leuten durchsuchen. Sollten wir dort einen zweiten Geldbeutel finden, meine Liebe, hat der Henker demnächst viel Arbeit. Auch auf Meineid und Raub mit versuchtem Totschlag steht der Galgen!«

»He, Moment mal, Sir!«, mischte sich nun die Kellnerin ein, »Ich habe mit der Sache nichts zu tun. Ich war gar nicht hier, als dieser Mann herkam. Und als er dann randalierte, war ich auch nicht dabei. Ich habe nichts getan!«

»Nun, Polly, dann haben Sie sicherlich nichts gegen eine Gegenüberstellung. Ausserdem stehen Sie unter Verdacht der illegalen Prostitution. Auch darauf steht Gefängnis. Oder zumindest eine Geldstrafe.«

»Was? Das musst Du mir erst beweisen, Du Bastard!«

»Na, na! Auch die Beleidigung einer Amtsperson bringt eine saftige Strafe ein. Beherrschen Sie sich, junge Dame.«

Polly schmollte. Sie stemmte die Fäuste in die Hüften und ließ nur ein beleidigtes »Pah!« hören.

Wieder rief der Sheriff nach seinem Gehilfen Jenkins. Dieser sah Polly an und flüsterte seinem Chef etwas ins Ohr.

»Hm. Gut. Mrs. Marlowe kann sich zu ihrem Mann gesellen. Polly, Sie bleiben hier. Ich möchte, dass jemand Sie ansieht.«

Widerwillig ging Mrs. Marlowe mit Jenkins zu den Zellen. Nachdem er sie zu ihrem Mann gesperrt hatte, ging er ein paar Türen weiter zu O'Sullivan. Er ließ ihn aus der Zelle und hieß ihm, seine schwere Eisenkugel zu tragen. Dann führte er ihn an den Wirtsleuten vorbei zum Büro von Collins.

»Ah, da sind Sie ja, O'Sullivan. Ich möchte Ihnen jemanden vorstellen. Hier. Das ist Miss Polly. Sie arbeitet im »Whiskey Jar«.«

Ian blinzelte etwas mit den Augen, die sich an das Dunkel des Kerkers gewöhnt hatten. Er sah furchtbar aus. Seine Augen waren gerötet, seine Wangen eingefallen und seine Haut fahl. Er blickte Polly an.

»Molly? Bist Du das?«, stammelte er. Dann wie vom Blitz getroffen schrie er plötzlich los und wollte ihr an den Hals. Polly erschrak fürchterlich.

»Warum hast Du das gemacht? Warum hast Du mich an Farrel verraten und mir Wasser in die Läufe gefüllt? Du hast gesagt, Du liebst mich!«

Jenkins hatte Mühe, O'Sullivan zurückzuhalten.

»Sie erkennen also diese Dame wieder?«, sagte Collins.

»Natürlich! Das ist Molly! Meine Molly!«

»Spinnst Du? Ich kenn' Dich gar nicht. Ich hab' Dich noch nie gesehen!«, gab Polly wütend zurück, nach dem sie sich vom ersten Schrecken erholt hatte.

»Ich würd' mich auch nie mit so einem abgewrackten Säufer wie dem da einlassen, nicht mal, wenn er haufenweise Geld hätte! Und wer zur Hölle ist Farrel?«

»Captain Farrel. Er war gestern im »Jar«. Irgendwer hat mich an ihn verraten. Molly! Warst Du es?«

»Ich heiß' Polly. Nich' Molly. Sie verwechseln mich, Mister.«

»Das genügt, O'Sullivan. Erkennen Sie diese Waffen wieder?«, mischte sich nun Collins ein.

»Das ist meine Pistole. Und mein Entermesser. Wer hat es zerbrochen?« O'Sullivan blickte auf die Gegenstände auf dem Tisch.

»Gut. Führen Sie den Gefangenen wieder ab, Jenkins«, sagte der Sheriff nun zu seinem Untergebenen.

»Molly! Molly!«, schrie O'Sullivan noch, als er hinaus gezerrt wurde.

»Nun, Miss Polly. Sie können gehen. Aber Sie verlassen die Stadt nicht. Eigentlich möchte ich, dass Sie bis auf weiteres im »Jar« bleiben.«

Als er alleine war, nahm Sheriff Collins die gepuderte Perücke ab, die er stets bei Amtsgeschäften tragen musste und kratzte sich den beinahe kahlen Kopf. Dieses Ding juckte fürchterlich.

The High Sheriff of Kerry County

»Jenkins! Verdammt nochmal, wo steckt der Kerl? Jenkins!«

Adam Collins, der Sheriff von Killarney war nervös. Ausgerechnet heute wollte der neue High Sheriff von Kerry, benannt für ein Jahr, Killarney besuchen.

»Jenkins! Na endlich! Ist alles vorbereitet? Der neue High Sheriff, verdammt, wie heißt er doch gleich wieder?«

»Sir William Godfrey, Sir.«

»Genau. Sir William. Soll ein guter Mann sein, aber sehr penibel und genau. Sehen Sie zu, dass hier alles in bester Ordnung ist. Natürlich wird auch er diese Stellung hauptsächlich als Sprungbrett für noch höhere politische Ämter nutzen wollen. Da macht es Sinn, sich das Wohlwollen solcher Leute zu verdienen.«

»Jawohl, Sir!«

»Was wissen Sie über diesen Godfrey, Jenkins? Na los, Sie sind doch immer bestens informiert!«

»Nun, Sir, ein ehrbarer Mann, sehr wohlhabend. Die Familie ist schon immer sehr reich. William ist der Urenkel von Sir John Coningsby, dem ersten Earl of Coningsby, einem der größten Grundbesitzer in Kerry County. Sein Vater ist der Esquire James Godfrey. Die Familie hatte immer wieder einen Sitz im Parlament inne. Wie Sie bereits sagten, natürlich gehört es zur Laufbahn eines Politikers, das Amt des High Sheriffs eines Countys auszuüben. Aber ein persönlicher Besuch in allen Kommunen ist doch eher ungewöhnlich.«

»Jenkins, wenn ich Sie nicht hätte! All das weiß ich längst. Haben Sie vielleicht noch andere, delikatere Informationen?«

»Nein, Sir. Godfrey ist ein Sproß aus sehr reichem Hause. Aber es gibt keinerlei Skandale oder Ähnliches. Er ist mit der einzigen Tochter von William Blennerhassett of Ballyseedy, Lady Agatha, verheiratet und hat vier Kinder. Und seine Frau soll sehr gesund sein und angeblich wieder guter Hoffnung. Ein Mann mit allen Segnungen.

»Nun gut. Er wird sicherlich nicht alleine reisen. Ich nehme an, dass er eine ganze Horde von Beamten mit sich schleppt. Sehen Sie zu, dass alle gut bewirtet werden.«

»Sir?«

»Was ist denn noch?«

»Ich habe leider nicht die nötigen Mittel, um, äh…«

»Ja, verdammt, die Kasse ist leer. Aber wissen Sie was, Jenkins? Wir sollten dem König einen kleinen Vorschuss aus der Lederbörse unseres Gefangenen geben. Schließlich wird das Geld am Ende sowieso der Krone zugesprochen werden. Also, nehmen Sie ein paar Shilling und sorgen Sie für die Bewirtung. Aber vergessen Sie nicht, alles ordentlich aufzuschreiben und verlangen Sie eine Rechnung!«

»Sehr wohl, Sir.«

Als Jenkins gegangen war, schüttelte Collins den Kopf. Was für eine Verschwendung. Für ein paar reiche Fatzkes auch noch das Essen und die Getränke bezahlen. Aber er wollte es sich nicht von vorneherein mit diesen Leuten verscherzen. Wer konnte ahnen, wie man solche Bekanntschaften und Beziehungen eines Tages nutzen konnte? Um sein Gewissen aber zu beruhigen, nahm Collins sich vor, ein paar Brocken von den Speisen für die Gefangenen abzuzweigen.

Schließlich kehrte der Sheriff wieder zu seinen Amtsgeschäften zurück und ließ sich Berichte über alle möglichen Vorfälle bringen. Einen Hühnerdiebstahl, einen angeblichen Betrug, eine Anzeige wegen Hexerei, eine Sachbeschädigung, eine Beschwerde wegen Störung der Friedhofsruhe. Letztere fiel dem Beamten wegen des Datums und der Uhrzeit ins Auge. Es war vor zwei Tagen, nachts. Etwa um 2 Uhr. Also kurz nachdem die Wirtsleute den betrunkenen O'Sullivan zu Bett gebracht hatten. Collins laß die Beschwerde einer gewissen Mrs. O'Malley genau durch. Sie war Witwe und wohnte direkt neben dem Friedhof. Lichter seien über den Friedhof gegangen und sie habe ein Klappern wie von Schaufeln, die gegen Steine stoßen, gehört. Dann sei noch gesprochen worden. Zunächst hatte Sie geglaubt, Geister oder andere Dämonen würden ihr Unwesen treiben, doch dann hatte sie klar und deutlich zwei Menschen gesehen, die auf dem Friedhof arbeiteten. Aber als sie jemanden alarmieren wollte, waren die beiden Gestalten wieder verschwunden gewesen. Seltsam. Sollte das etwas mit der zweiten Geldbörse zu tun haben? Ein frisches Grab wäre ein hervorragendes Versteck. Niemand würde sich trauen, dort zu suchen.

»Jenkins! Jenkins!«, rief Collins wieder nach seinem Gehilfen.

Aber es erschien nur ein gut gekleideter Herr in feinem Anzug mit grauer Perücke,

»Und wer sind jetzt Sie, Sir? Darf ich erfahren, wer

Sie hier hereingelassen hat?«

»Guten Morgen. Mr. Collins, nehme ich an? Mein Name ist William Godfrey«, antwortete der gutaussehende Mittdreißiger, zog seinen Hut und machte eine angedeutete Verbeugung.«

Collins sprang auf und machte eine ungelenke Verbeugung, dazu streckte er den linken Fuß vor und den Hintern nach hinten. Es sah sehr lustig aus.

»Eure Lordschaft! Ich heiße Sie herzlich in Killarney willkommen, Sir. Ich freue mich, Sie kennenzulernen.«

»Die Freude ist ganz meinerseits, mein Lieber. Ich habe schon viel von Ihnen gehört.«

Collins schaute etwas verdutzt drein, wurde sich aber dann gewahr, das dies natürlich nur eine höfliche Phrase und Smaltalk war.

»Vielen Dank, Sir. Ich hoffe, Sie hatten eine angenehme Reise?«, legte nun Collins nach, der ebenfalls nun zu Phrasen griff.

»Nun ja, wie man's nimmt. So ein mehrstündiger Ritt über unsere schlechten Straßen ist im Herbst ein zweifelhaftes Vergnügen. Aber doch, ich habe die Reise genossen. Immerhin war es trocken.«

»Es kommt nicht oft vor, Sir, dass der High Sheriff persönlich kommt und sich ein Bild von der Lage der einzelnen Verwaltungsbezirke macht. Es ist mir wirklich eine große Ehre.«

»Papperlapapp!«, Godfrey winkte ab. »Es ist mir eine willkommene Abwechslung zu den Dienstgeschäften und irgendwie muss man ja der häuslichen Enge mal entkommen. Ich werde noch heute weiterreisen, um an der Entenjagd in Tralee teilzunehmen. Der alte Esquire läd mich jedes Jahr ein.«

Plötzlich erklang von draussen wildes Hundegebell.

»Cerberus! Aus!«, rief Godfrey, »Verdammt, was ist denn da draußen los?«

Jenkins kam hereingestürmt.

»Sir! Da draußen…, oh, Verzeihung, Sir, ich bitte um Entschuldigung. Sir Godfrey, Mylord, Ihr Diener.«

»Ha, wer ist denn das?«, lachte Godfrey über die dürre und ungelenke Gestalt Jenkins.

»Meine rechte Hand, Mr. Jenkins, Sir. Ein sehr guter Sekretär.«

»Ah, Jenkins. Man hat mir schon von Ihnen erzählt. Was haben Sie denn mit Cerberus gemacht, dass er gar so bellt?«

»Entschuldigen Sie, Sir! Ich habe nicht gesehen, dass er vor der Türe liegt und bin beinahe über ihn gestolpert. Er ist ein guter Wachhund, Sir.«

»Ach was. Er taugt nur zur Entenjagd. Gut, bellen kann er auch!« Wieder lachte der Besucher.

»Nun, erzählen Sie mir mal, welche Fälle Sie aktuell bearbeiten, Collins. Mir wurde zugetragen dass Sie ein hervorragender Ermittler sind. Ich bin gespannt, was Sie zu berichten haben.«

»Nur die üblichen Bagatellen. Zunächst eine Anzeige wegen Hexerei...« Godfrey winkte ab.

»Ach, das wieder. Einmal mit der Daumenschraube gedroht und Sie haben ein Geständnis. Schwamm drüber.«

»Nun, Sir, da bin ich anderer Meinung. Ein unter Folter gepresstes Geständnis entspricht selten der Wahrheit. Ich halte mich lieber an Fakten und Beweise.«

»Aha. Sehr moderne Ansichten. Aber viel Arbeit. Was noch?

»Eine weitere Anzeige wegen Grabschändung, Hinweise auf einen gewissen Cormick, der in Cork verschwunden sein soll und eine Sachbeschädigung in einem Wirtshaus, vermutlich durch einen betrunkenen Gast.«

»Grabschändung? Na ja, klingt auch nicht spannend. Diese rückständigen Iren sind ja so abergläubisch. Gerade jetzt, im Herbst, werden sie wieder ihre ausgeschnitzten Rüben ins Fenster stellen, diese seltsamen Jack O'Lantern-Lichter. Langweilt mich auch. Und eine Wirtshausschlägerei, na ja, das macht nur Spaß, wenn man dabei ist und auf einen der Kämpfer wetten kann. Nun, wenn Sie sonst nichts haben...«

»Wir haben da noch einen dubiosen Fall, der mit der Sachbeschädigung zusammenhängt«, mischte sich Jenkins ein.«

»Wie dubios? Collins, was ist da denn los?«, fragte der High Sheriff plötzlich interessiert.

»Wir haben drei Personen vorläufig in Gewahrsam genommen. Einmal das Wirtsehepaar des »Whiskey Jar«, Mr. und Mrs. Marlowe und einen gewissen Ian O'Sullivan. Letzterer ist wirklich ein sonderbarer Fall.«

»Erzählen Sie mir mehr, Collins, erzählen Sie mir mehr!«

Der Sheriff erzählte Godfrey alle bisher ermittelten Einzelheiten. Godfrey sah Collins und Jenkins abwechselnd an.

»Ein Geständnis über ein Verbrechen ohne Opfer? Sehr geheimnisvoll, in der Tat. Und Sie vermuten die zweite Geldbörse bei dem Wirtsehepaar? Das liegt nahe. Wenn der Mann nicht völlig verrückt ist. Wie hoch war die Summe in den Beuteln nochmal?«

»Angeblich etwas über 200 Pfund in einem Lederbeutel. Dazu ein paar ausländische Münzen. Das Geld ist allerdings unauffindbar. In einem anderen Geldbeutel waren etwas mehr als 5 Guinees. Wir haben allerdings ein paar Shilling für Auslagen abziehen müssen.«

»Das versteht sich von selbst. Jenkins wird wohl alles fein säuberlich quittiert haben?«

»Selbstverständlich, Sir«, gab dieser zurück.

»Und was gedenken Sie nun zu tun, Mr. Collins?«, fragte der High Sheriff neugierig.

»Wir werden im Gasthaus »Whiskey Jar« Nachforschungen anstellen und alle Personen aus dem Umfeld überprüfen. Dazu haben meine Männer das Gasthaus bereits durchsucht. Leider bisher ohne Erfolg.«

»Gut, Ich mache Ihnen einen Vorschlag. Ich werde bleiben und mich im »Jar« einquartieren. Mein Begleiter, Mr. Fowler, wird weiterreiten und mich für die Entenjagd entschuldigen. Lassen Sie die Wirtsleute laufen, schließlich brauche ich Bewirtung. Und..., natürlich bleibe ich inkognito. Alles andere würde den Spaß verderben!«

»Sir! Ich kann nicht für Ihre Sicherheit im »Whiskey Jar« garantieren! Es handelt sich bei diesem Gasthaus um eine drittklassige Schenke, die uns immer wieder Scherereien macht!«

»Um so besser. Ich werde dort so richtig auf meine Kosten kommen. Und wegen der Sicherheit machen Sie sich mal keine Sorgen. Ich bin bewaffnet und habe, wie

Sie schon feststellen konnten, einen guten Wachhund dabei.«

Adam Collins stand etwas verdutzt da und wußte nicht so recht, was er dazu sagen sollte. Was war das für ein High Sheriff? Entweder war der Mann ein gelangweilter Aristokrat, der das Abenteuer und den Nervenkitzel suchte, oder einfach nur ein Idiot. Wieso wollte sich Godfrey um so eine Geschichte kümmern? Was war der Nutzen? Wobei, ein Idiot war er sicherlich nicht. Darum wagte Collins noch eine Frage:

»Sir, was ist Ihr Beweggrund, sich so in Gefahr zu bringen? Ich meine, bei allem Respekt, wieso tun Sie das?«

William Godfrey sah seinen Lokalbeamten an.

»Wenn man die Menschen beherrschen will, muss man sie erforschen. Hier scheint sich eine sehr interessante Möglichkeit aufgetan zu haben, etwas über die einfachen Untertanen seiner Majestät, unseres geliebten Königs Georg III, zu lernen. Was tun sie, um ihren Vorteil zu sichern, wie weit gehen sie? Unterscheiden sie sich von denen in anderen Gesellschaftsschichten oder sind sie mehr von ihrem Instinkt getrieben, wie Tiere? Ja, Sir! Es ist ein Risiko. Aber eines, das ich glaube, einschätzen zu können.«

»Sir, bitte achten Sie auf Ihre Sicherheit. Ich würde es mir nie verzeihen, wenn Ihnen ein Schaden in meinem Polizeibezirk zugefügt werden würde!«

»Ich Ihnen auch nicht«, lachte Godfrey, »Ich Ihnen auch nicht!«

Damit verließ der High Sheriff die Räumlichkeiten des Destrict Office. Collins sah Jenkins an und wußte für den Moment keinen Rat.

»Äh, Sir?«

»Was ist denn, Jenkins?«, raunte Collins seinen Sekretär an.

»Soll ich Mr. und Mrs. Marlowe jetzt freilassen?«

»Wie? Äh, ja, natürlich. Machen Sie schon! Und dann schicken Sie Millner und Whitby in den »Jar«. Sie sollen dort aufpassen. Aber wehe, wenn die beiden mehr als einen Pint trinken. Dann können sie sich einen neuen Job suchen!«

»Jawohl, Sir«, antwortete Jenkins, »Äh, die beiden oder ich?«

Collins winkte ab.

»Und heute Abend werden wir beiden ebenfalls im »Jar« essen. Ich denke, so um 6 Uhr.«

»Sir?«

»Wir lösen Millner und Whitby ab. Ich verlasse mich weder auf zwei Säufer noch auf einen Entenhund, wenn es um die Sicherheit einer so hoch gestellten Persönlichkeit geht!«

Wasser und Brot

Als ich nun in Ketten in meiner Zelle saß, hörte ich schließlich, wie jemand nebenan leise sprach. Ich konnte nicht alles verstehen, denn die Wände waren dick und die Türe massiv. Ich erkannte aber die harte Stimme der Wirtin. Alles, was ich verstand war, dass man sich nicht auf so jemanden hätte einlassen dürfen. Und dass die Mädchen aus dem »Whiskey Jar« verschwinden müssten. Leider hörte ich nicht, ob die beiden Wirtsleute mit Farrel im Bunde waren oder ob doch Molly, dieses elende Weib, mich verraten hatte. Aber wer hätte sonst Wasser in meine Pistole füllen können, während ich schlief? Ich zermarterte mir den Kopf. Jetzt wäre ein Schluck gut gewesen. Ich sah auf meine zitternden Hände und schließlich konnte ich an nichts mehr anderes denken.

»Hey, Wärter. Gibt's hier keinen Schluck für einen Seemann auf dem Trockenen? Ich bezahle gut!«, rief ich und ging zur Kerkertüre.

Die Klappe an der Türe öffnete sich und ein älterer Mann linste herein.

»Halt' Dein Maul, Tramp! Für Dich ist die Party vorbei. Ausser Wasser und Brot bekommst Du hier nur was gegen Bares. Und da ich dich höchstpersönlich gefilzt habe, weiß ich, dass Du nichts anzubieten hast.«

»Bitte, Sir, nur einen Schluck Gin, gegen die Schmerzen«, flehte ich den Mann an.

»Wenn Du Schmerzen hast, kann ich den Sheriff fragen, ob er nach dem Arzt schicken lässt. Der Sheriff hat ein großes Herz. Aber ich würde sagen, dass Du ein Säufer bist, der nur seinen Suff braucht, also halt die Klappe!«

Was bildete der Kerl sich ein!

»Halt Du selber das Maul, Kerkerknecht! Wenn Du nichts hast, kannst Du mich mal. Ich bekomme schon noch das, was mir zusteht. Ich bin nämlich unschuldig!«, rief ich.

»Na klar, O'Sullivan. Typen wie Du bekommen immer das, was ihnen zusteht. So wie es aussieht, den Galgen. Oder das Beil? Nun gut, das entscheidet der Richter!«

»Ich will sofort den Sheriff sprechen! Los Mann, geh' zu ihm und sag ihm das!«

»Der Sheriff is' aber nich' da! Heute musst Du mit

mir Vorlieb nehmen. Also, verhalte Dich ruhig und geh'
mir nicht auf die Nerven. Sonst gibt's zu Wasser und
Brot noch ein paar Backpfeifen!«

Ich ließ mich wieder an der Wand entlang auf den
Boden sinken. Ich Idiot. Hätte ich nicht von Farrel erzählt, hätte niemand gewusst, woher mein Geld gekommen war. Aber Molly? Warum hat sie mich verraten? Ich wollte mit ihr weg und dann meinen Bruder
suchen. Ich wußte jetzt, auf welchem Schiff er gese-
gelt war und unter welchem Kapitän. Wenn er noch
lebte, war er vielleicht schon wieder in Irland, so wie
ich. Ich musste es herausfinden. Aber wie? Ich würde jemanden brauchen, der eine offizielle Anfrage an
das Kriegsministerium und an die East India Company
stellen konnte. Irgendeine hochgestellte Persönlichkeit.
Aber ich kannte niemanden. Vielleicht der Sheriff? Er
hat ein großes Herz, hatte der Wärter gesagt. Hatte er
nur gespottet? Ich würde ihn fragen müssen. Schließlich würde mein Bruder auch zur Aufklärung der Verbrechen Farrels und zu seiner Verurteilung beitragen
können.

Ja, der Sheriff von Killarney, Adam Collins.

Doktor Goodwin

»Kommen Sie schnell, Doc. Der Mann stirbt mir. Ich bekomme Schwierigkeiten von Sheriff Collins, wenn ihm etwas passiert. Er hat schon vor zwei Stunden über Schmerzen geklagt, ich habe aber geglaubt, dass er nur etwas Gin haben wollte.«

Doktor Alfred Goodwin war ein besonnener Mann. Er sah den Gefängniswärter an.

»Nun, Joe, wenn der Mann Schnaps haben wollte, wird er seine Gründe gehabt haben. Welche Art Schmerzen hat er beklagt?«

»Keine Ahnung. Ich hab ihm gesagt, dass er nichts kriegt, ausser seiner gerechten Strafe, Doktor, Sir. Aber jetzt ist er zusammengebrochen und zuckt und hat Schaum vor dem Mund. Ich glaube, er geht drauf. Bitte kommen Sie schnell, Doktor, Sir!«

»Nun gut, das klingt in der Tat besorgniserregend. Wenn gleich... Na, sehen wir uns den Mann erst einmal an.«

Der Arzt nahm seine Tasche und machte sich auf den Weg zur Türe. Mitten im Gehen hielt er an.

»Äh, Moment. Wo hab ich doch gleich... Joe, haben Sie meine Brille gesehen?«

»Sir? Sie haben sie auf der Nase.«

»Ich, äh.., oh, natürlich. Nun aber los. Wir dürfen keine Zeit verlieren!«

Der Doktor, ein kleiner, etwas rundlicher Mann Mitte Fünfzig, ging nun schnellen Schrittes zur Türe und warf sie hinter sich zu. Joe, der Kerkermeister, lief fast gegen die zuschlagende Türe.

»Wo bleiben Sie denn Joe?«, rief der Doktor von draussen.

Joe schüttelte den Kopf, machte die Türe wieder auf und lief dem Mediziner hinterher.

»Machen Sie die Türe hinter sich zu, Joe! Ich möchte nicht, dass streunende Katzen hier hereinkommen. Ausserdem ist Mrs. Goodwin sehr empfindlich für Zugluft. Joe? Wo bleiben Sie denn?«

»Ich bin schon da, Sir. Hier entlang, wenn ich Sie bitten darf. Wenn wir den Weg durch die Marketstreet nehmen, geht's schneller!«

Joe lief los und drängelte sich durch die Menschen, die vom Markt kamen. Der Doktor gab sich große Mühe, ihm zu folgen. Weil so gut wie jeder Goodwin kannte und respektierte, ließ man ihn vorbei. Allerdings grüßten viele höflich und der Doktor grüßte zurück. Das kostete immens viel Zeit. Als Joe bemerkte, dass der Arzt immer langsamer wurde, blieb er verzweifelt stehen und zuckte nur mit den Schultern.

»Sir, bitte beeilen Sie sich! Wir kommen ja nicht voran«, mahnte er immer wieder.

Schließlich erreichten sie das Gefängnis und betraten es über einen Hintereingang. Goodwin sah sich den Patienten an, der regungslos auf dem Boden lag. Joe legte die Hand über seinen Mund und murmelte vor sich hin.

»Verdammt, der Kerl ist abgekratzt!«

»Nein, Joe. Der Mann ist nur bewußtlos. Sie sagten, er hat gekrampft? Nun, ich nehme an, dass er schon einige Zeit hier im Gefängnis sitzt, oder? Also, ich meine, einige Tage.«

»Ja, Sir. Seit zwei Tagen.«

»Und wie ging es ihm, als er verhaftet wurde?«

»Wie? Er war besoffen. Er hat die Einrichtung im »Jar« zertrümmert. Der Kerl war voll wie ein Eimer, Sir. Obwohl es früh am Morgen war!«

»Und seit wann klagt er über Schmerzen?«

»Na, ich würde sagen, nachdem er wieder nüchtern war. Er hat gesagt, er habe Bauchschmerzen und Kopfschmerzen und ihm sei schwindlig. Und er wollte Gin. Dann war er wieder wild wie ein Löwe und im nächsten Moment weinerlich wie ein Baby.«

»Hm, Delirium tremens. Nun, ich muss ihn näher untersuchen. Holen Sie Wasser und ein paar Lappen. Und dann ziehen wir ihn aus und waschen ihn.«

»Was? Ich fasse den Kerl nicht an! Da hol' ich mir ja die Krätze!«

»Soll ich ihn jetzt retten oder sterben lassen, Joe? Los, Mann! Machen Sie!«

Wenig später hatte Doktor Alfred Goodwin genug gesehen. Er ließ Joe den Mann wieder bekleiden. Die Behandlung mit kalten Wasser hatte den Gefangenen wieder etwas belebt und er machte schließlich die Augen auf.

»Wer bist Du? Warum bist Du hier?«, fragte er den Arzt.

»Mein Name ist Alfred Goodwin. Ich bin Arzt.«

»Arzt? So wie mein Vater...« Der Mann fing an zu weinen. Der Doktor zog die Augenbrauen hoch.

»Mr...?«

»Ian. Ian O'Sullivan ist mein Name«, stammelte der Gefangene.

»O'Sullivan, so, so.«, murmelte Goodwin. »Hören Sie, Ian. Sie sind sehr krank. Ich werde den Sheriff bitten, Sie in ein Krankenzimmer verlegen zu lassen. Ihre Ketten soll er auch entfernen lassen. Sie benötigen dringend ärztliche Hilfe.«

»So? Was hab ich denn, Doc?«

»Ich fürchte, Sie haben die Syphilis. Ausserdem trinken Sie zu viel, was wahrscheinlich diesen Krampfanfall ausgelöst hat, beziehungsweise, der Entzug von Alkohol. Gegen den Krampf und die Schmerzen hilft Ihnen wahrscheinlich Gin oder Whiskey. Auch das Zittern wird dadurch schnell verschwinden, richtig?«

»Ja. Warum geben Sie mir dann nichts, Doc? Wenn's mir doch hilft?«

»Genau das ist das Problem, Ian. Aber noch etwas, Ian. Sehen oder hören Sie Dinge, die nicht real sind?«

»Was? Ich weiß nicht.., nein, keine Ahnung was Sie meinen. Und was ist mit Syphilis? Wie kommen Sie darauf? Ich hab doch sonst keine Probleme, wenn ich nur immer etwas Gin oder Rum oder Whiskey hab'.«

»Hm. Gut, ich rede mit dem Sheriff. Vorher hätte ich noch eine Frage an Sie...«

Wenig später ging der Doktor und ließ Ian alleine in seiner Zelle.

»Joe?«, sagte er draußen zum Kerkermeister.

»Ja, Doktor, Sir?«

»Wo steckt der Sheriff?«

Ein Abend ohne Freunde

Millner und Whitby standen auf, zahlten ihre Getränke und verließen den »Jar«, als Sheriff Collins mit seinem Gehilfen Jenkins hereinkam. Der Fiddler und seine Musiker machten gerade eine Pause und die restlichen Gäste schwatzten laut. Collins nickte seinen beiden Gehilfen beim Hinausgehen zu, sie sollten auf jeden Fall in der Nähe bleiben, um im Notfall zurückzukommen.

Noch war nichts von Godfrey zu sehen, er schien noch auf seinem Zimmer zu sein. Collins entschied sich für einen Tisch in der Ecke, den der dienstbeflissene Wirt noch schnell abwischte, bevor sich die beiden Polizisten setzten. Die Luft war stickig, denn mitten im Raum brannte ein Feuer, dass zwar Wärme, aber eben auch Rauch ausströmte. Die Stube war verräuchert, aber der Duft von Bier und Gebratenem war wahrnehmbar. Dazu gesellte sich noch ein säuerlicher Schweißgeruch und ein wenig der Gestank nach nassem

Hund. Richtig! Unter einem der besseren Tische, nicht zu nah am Feuer, nicht zu nah an der Musik und weit genug weg vom zugigen Eingang, lag der Entenhund des High Sheriffs.

»Mr. Marlowe! Wem gehört dieser Hund? Warum liegt er alleine unter einem Tisch, an dem niemand sitzt?«, fragte Collins.

»Oh, das ist der Hund eines Gentleman, der unserem Gasthaus die Ehre gibt, heute als Logis für ihn zu dienen. Er ist noch oben in seinem Zimmer. Aber er hat etwas zu Essen bestellt und wünscht hier unten zu speisen, wenn es fertig ist. Ein sehr feiner Gentleman, Sheriff, Sir!«

»So, so. Und wie heißt dieser Gentleman?«

»Er hat sich als John Cullham aus Tralee vorgestellt und im Voraus bezahlt. Ein wirklich sehr feiner Herr, Sir.«

»Aha. Mr. Cullham, also. Nie gehört. Aber nun gut. Wir sind ja vor Ort und werden ihn im Auge behalten.«

»Bitte, Sir, seien Sie diskret. Wir hatten hier genug Scherereien mit diesem O'Sullivan. Mrs. Marlowe wünscht sich nun keine weiteren.«

»Selbstverständlich, Mr. Marlowe. Aber wir behalten Sie im Auge. Noch sind sie nicht entlastet.«

Der Wirt machte eine sauertöpfische Mine.

»Zu trinken, Gentlemen?«, fragte er mürrisch.

»Für mich ein Ale, und Sie, Jenkins?«

»Cider, Mr. Marlowe. Und einen Krug Wasser, wenn ich Sie bitten darf.«

»Ale, Cider, Wasser. Aye, Sir!«

Damit zog er ab. Was sollte das? Der Sheriff hier in der Gaststube war schlecht fürs Geschäft. Schon wollten die ersten seiner Stammgäste zahlen und gehen. Der Wirt redete auf sie ein und versprach eine extra Runde als Treuebonus, wenn sie bis zum Schluß blieben.

Seine Frau stand hinterm Tresen und schenkte ein.

»Was wollen die beiden Aasgeier hier? Wir sind doch wieder freigelassen worden. Wieso sitzen die da und starren auf den Köter? Überhaupt, wie kannst Du es zulassen, dass diese stinkende Töle hier herumliegt? Ich will keine Viecher in der Gaststube!«

»Lass' gut sein. Der Gentleman hat dafür bezahlt. Und da ist noch mehr zu holen. Also, verschwinde in die Küche und gib' Dir Mühe, ihm etwas Schmackhaftes zu kochen. Sonst setzt's was!«

»Meinst Du ich koche besser, wenn Du mir drohst? Ich weiß selber, dass wir diesen Goldfasan ein bisschen verwöhnen müssen, wenn was rausspringen soll!«

Wenig später begannen die Musiker wieder zu spielen und eine ruhige Volksweise erklang. Sofort wurde auch die Stimmung im Pub entspannter und die vornehmlich männliche Kundschaft lauschte den Klängen.

»Polly! Sag dem Gentleman oben Bescheid, dass sein Dinner gleich fertig ist. Aber er kann es auch gerne oben nehmen, hier unten sind ein paar Leute, die ihn wahrscheinlich anglotzen werden, wie die Kühe«, sagte die Wirtin etwas später zu ihrer Bedienung.

»Soll ich ihm das so sagen? Ich meine, das mit den glotzenden Kühen?«

»Hm? Was? Nee, dummes Ding! Du weißt schon. Und sei bloß höflich, der Mann riecht förmlich nach Geld.«

Polly machte sich auf den Weg nach oben. Der Entenhund reagierte sofort mit einem einmaligen Bellen.

»Von wegen nur ein Entenhund«, murmelte Collins seinem Begleiter zu, »Ein ausgezeichneter Wachhund. Gibt seinem Herren Bescheid.« Jenkins nickte.

Kurz darauf erschien ein eleganter, aber dennoch relativ schlicht gekleideter Herr Mitte Dreißig mit langem schwarzen Haar, das im Nacken mit einer Schleife zusammengehalten wurde, auf der Treppe. Er trug eine ärmellose Weste in schlichtem irish green tartan über einem Leinenhemd, dazu eine braune Kniebundhose und weiße Seidenstrümpfe. Seine Füße steckten in makellos sauberen Lackschuhen mit goldenen Schnallen. Godfrey wirkte so wesentlich jünger als am Mittag mit der gepuderten Perücke. Er sah wirklich gut aus. Polly stolperte hinterher wie die Unschuld vom Lande. Sie war ganz gefesselt von dem Anblick des Gentleman. Beinahe wäre sie die Treppe hinuntergefallen. Beim letzten Absatz kam sie tatsächlich ins Straucheln, aber der Galan fing sie elegant auf und verhinderte den Sturz. Rotbackig stammelte Polly ein »Danke, Sir!«.

Wie auf Kommando hatte die Musik aufgehört und alle Leute im Gasthaus hatten die Szene beobachtet. Godfrey nickte den Leuten zu murmelte ein »Guten Abend« und sah die Musiker direkt an. Sie verstanden sofort und begannen eine etwas lebhaftere Weise zu spielen. Formvollendet setzte sich Godfrey auf seinen Platz, streichelte kurz seinen Hund und winkte der Wirtin. Alle anderen Gäste widmeten sich wieder ihren Gesprächspartnern am Tisch und ihren Getränken. Das Ganze hatte wie eine Inszenierung gewirkt. Die Wirtin kam nun zu Godfreys Tisch und nickte eifrig auf dessen Fragen und machte einen Hofknicks mach dem anderen. Collins fiel auf, dass sie sich viel Mühe gegeben haben muss, um, im Gegensatz zu heute morgen, gut auszusehen. Sie trug eine weiße Haube aus der seitlich ein paar Haarsträhnen kokett hervorschauten. Das Gesicht hatte sie sich tatsächlich gepudert, was in Anbetracht der Küchenarbeit wahrscheinlich andauernd wiederholt werden musste. Ihre Schütze und Bluse waren reinweiß und das Kleid darunter wirkte neu. Auch der Wirt war herausgeputzt. Seine Lederschürze war frisch eingefettet und abgerieben worden und auch er trug darunter Sonntagskleidung.

Die Wirtsstube hatte der Sheriff ebenfalls wesentlich schmutziger in Erinnerung. Hier war anscheinend viel passiert in den letzten Stunden.

Plötzlich stand Jenkins auf. Collins zuckte zusammen. Godfrey war an ihren Tisch gekommen und machte eine linkische Verbeugung.

»Sheriff Collins, nehme ich an? Wenn ich mich vorstellen darf? Mein Name ist John Cullham, aus Tralee.«

Collins war einigermaßen überrascht und auch etwas verärgert über diese Posse.

»Ähem..., guten Abend. Sehr erfreut. Sind Sie...,äh, heute angekommen, Sir?«

»Ja, genau so ist es. Dieses Gasthaus wurde mir empfohlen, sehr nette Leute, nicht wahr?«

»Nun, ja. Aber ich sehe, Ihr Dinner wird gerade aufgetragen, Sir.«

»Oh, ja, natürlich. Möchten Sie mir nicht Gesellschaft leisten, Sheriff? Natürlich gilt diese Einladung auch für Sie, Mr. ...äh, wie war doch gleich der Name?«

»Jenkins, Mr. Go...Gollum. Vielen Dank.«

»Cullham, John Cullham!«

Beide verneigten sich wieder linkisch.

»So ein Schmierentheater«, dachte Collins. Aber er musste gute Miene zum schlechten Spiel machen, schließlich war der High Sheriff sein Dienstherr und ein Federstrich von ihm konnte die Karriere des kleinen Districtofficers beenden.

»Sehr gerne, Sir. Ich würde gerne die neuesten Neuigkeiten aus Tralee hören.«

»Ich fürchte, da wissen Sie mehr als ich. Ich komme von Cork und wollte eigentlich nur durchreisen, aber der Ritt hat mich doch etwas ermattet.«

»Ah, na dann...« Collins wußte nicht mehr, wie er noch weiter Belanglosigkeiten herumschieben konnte. Oder sollte er das Gespräch auf das Wetter lenken?

»Kommen Sie, Gentlemen, ich möchte mein Essen nicht kalt werden lassen. Haben Sie denn schon etwas zu Abend gegessen? Es wäre mir eine Ehre, Sie einzuladen«, sagte Godfrey nun etwas eindringlicher.

Etwas beschämt nahmen die beiden Polizisten Platz am Tisch des freundlichen Herren. Alle Gäste um sie herum hatten das Gespräch neugierig verfolgt. Nun, als die Herren saßen, nahmen die anderen kaum noch Notiz. Nur der Entenhund hatte leise geknurrt, als sich Jenkins setzte.

»Cerberus mag Sie nicht. Seltsam, aber er wird wohl seine Gründe haben«, meinte Godfrey beiläufig.

»Nun, Sir, wahrscheinlich beruht dies auf Gegenseitigkeit.«

Der Wirt und seine Frau kamen an den Tisch und trugen große Tabletts voll mit den besten Speisen.

»Legen Sie bitte noch zwei Gedecke auf, Mr. Marlowe. Die beiden Herren sind meine Gäste.«

»Jawohl, Sir!«, gab der Wirt zur Antwort. Er wechselte einen vielsagenden Blick mit seiner Frau. Ausgerechnet die beiden!

Mit großem Appetit machte sich der High Sheriff nun über das Essen her. Ganz Gastgeber tranchierte er zunächst den beiden Polizisten große Stücke vom Fleisch und balancierte es auf ihre Teller. Dann hob er seinen Becher.

»Auf einen ereignisreichen Abend, meine Herren. Guten Appetit!«

Wenig später erschien eine kleine rundliche Gestalt mit Halbglatze und Brille im Gasthaus. Die Brille beschlug sofort und der Mann musste sie abnehmen, um nicht im Nebel zu stehen.

»Doktor Goodwin! Was macht der denn hier? Der predigt doch den ganzen Tag gegen Alkohol und fettes Essen. Dabei sieht er auch nicht gerade wie ein Kostverächter aus«, raunzte Polly dem Wirt zu. Dieser aber war froh über jeden Gast und lief ihm entgegen.

»Doktor! Was für eine Ehre. Wünschen Sie zu speisen? Heute haben wir eine vortreffliche Auswahl an Fleisch.«

»Nein, danke! Ich bin auf der Suche nach Sheriff Collins. Leider sehe ich gerade nicht gut, meine Brille...«

»Er sitzt hier drüben, zusammen mit seinem Gehilfen und einem Gentleman aus Tralee.«

Der Wirt führte den Arzt an den Tisch der Herren.

»Guten Abend, Gentlemen. Mr. Collins, ich muss Sie dringend sprechen!«

»Doktor. Guten Abend, was ist denn so dringend, dass Sie mich persönlich am Abend hier in einem Gasthaus aufsuchen, wo Sie doch sonst Gasthäuser meiden?«

Der Doktor hatte seine Brille geputzt und blickte nun in die Runde.

»Sir Godfrey!«, rief er plötzlich, »Sehr erfreut, Sie wiederzusehen, Sir! Sie sehen blendend aus!«

Godfrey war sichtlich erschrocken, denn er hatte nicht

gedacht, dass der Doktor ihn erkennen würde.

»Wie geht es Lady Godfrey? Ich erinnere mich sehr gut an ihre erste Geburt. Ich hatte die Ehre, dabei zu helfen, erinnern Sie sich?«

»Sir, Es tut mir leid, Sie müssen mich verwechseln. Mein Name ist John Cullham, aus Tralee.«

»Wie?«, der Doktor war verwirrt. Konnte er sich so täuschen? »Sie sind nicht...oh, verzeihen Sie. Meine Augen... Aber eine gewisse Ähnlichkeit ist doch vorhanden. Wobei, es ist ja auch schon beinahe 10 Jahre her. Das ist mir sehr peinlich, Sir.«

Sir William Godfrey alias John Cullham winkte ab: »Schwamm drüber, Doktor Goodwin.«

Godfrey biss sich auf die Lippen. Noch hatte niemand den Namen des Doktors in seiner Gegenwart genannt. Der Doktor stutzte. Schnell ergriff Collins das Wort:

»Nun, Doktor, was führt Sie zu uns?«

»Es geht um Ihren Gefangenen, Ian O'Sullivan. Er ist in einem erbärmlichen Zustand.«

»Das stimmt, Doc. Aber er kam schon so an.«

»Sir, ich muss protestieren! Die Unterbringung eines Gefangenen mit einem solchen Gesundheitszustand entbehrt jedes christlichen Verhaltens und ist ein Akt der Barbarei!«

»Sir! Er hat einen Raub gestanden. Womöglich ist er ein Mörder. Soll ich so jemandem ein Federbett geben?«

»Ich spreche vor allem davon, dass dieser Mann krank ist. An Körper, Geist und Seele! Sir, holen Sie ihn aus dem Kerker und bringen Sie ihn in ein Krankenzimmer!«

»Wie stellen Sie sich das vor? Wer soll dafür aufkommen?«

»Ich dachte, der Mann hat Vermögen?«, mischte sich nun Godfrey ein.

»Sir, bei allem Respekt, mischen Sie sich als Privatperson nicht in die Angelegenheiten der Männer des Königs! Allerdings, Sie haben Recht, er hat etwas Geld bei sich gehabt. Wir haben es beschlagnahmt. Trotzdem, der Mann hat gestanden. Ich kann ihn nicht aus der Haft lassen, bis der Richter hier war und ihn verurteilt oder freigesprochen hat. Ausserdem ist sein Geständnis lückenhaft und unglaubwürdig. Es gibt kein Opfer seines angeblichen Raubes.«

»Sir», lenkte jetzt der Doktor wieder ein, »Der Mann ist hochgradig alkoholsüchtig. Er würde alles erzählen, wenn Sie ihm etwas Schnaps geben. Ausserdem würde das seine Beschwerden mildern. Zusätzlich hat er alle Anzeichen einer Syphilis im Endstadium. Sein

Verstand scheint durch die Kombination der beiden Krankheiten stark angegriffen zu sein. Ich würde ihn gerne eingehender beobachten, damit ein Gesamtbild seiner Erkrankung entsteht. Er ist dem Tode geweiht, aber er könnte noch einige wissenschaftliche Erkenntnisse liefern.«

»Das könnte auch die Folter ersparen, von der Sie ja sowieso nichts halten, Collins!«, warf wiederum Godfrey ein.

»Hmhm«, räusperte sich Collins. Er wollte Godfrey nicht noch einmal maßregeln.

»Nun gut. Wirt! Bringen Sie mir einen Krug mit Whisky. Aber den Billigen!«

»Sir? Ich verstehe nicht. Ich habe wirklich nur erstklassige Ware. Woher sollte ich...«, sagte Marlowe, der schnell angelaufen kam.

»Tun Sie, was Ihnen gesagt wird!«, sagte Collins nun scharf.

»Jenkins! Sie gehen mit dem Doktor zum Gefangenen. Aber geben Sie ihm nur sehr wenig von dem Zeug. Der Doktor wird alles überwachen.«

Als beide mit dem Fusel gegangen waren, sah Godfrey Collins scharf an.

»Entschuldigen Sie, Sir. Ich wollte Ihre Tarnung nicht riskieren.«

Godfrey sah ihn sehr erbost an:

»Das wäre mir egal gewesen! Sprechen Sie nie mehr so mit mir!«

»Jawohl, Sir!«, gab der Sheriff kleinlaut zurück.

Fusel

»Sie sollten nun besser dem Experiment des Doktor beiwohnen, Mr. Collins«, sagte der High Sheriff William Godfrey kurz nach dem Essen zu Collins. Die Stimmung war merklich abgekühlt, seit Collins seinen Vorgesetzten angefahren hatte.

Sheriff Collins, der nun natürlich bereute, so mitgespielt zu haben, nickte.

»Jawohl, Sir. Ich werde heute Nacht bei O'Sullivan bleiben, und weitere Aussagen notieren.«

»Aber bedenken Sie, alles was der Mann unter Alkoholeinfluss aussagt, könnte wiederum unreal sein.«

»Das ist mir klar, Sir. Dennoch erhoffe ich mir weitere Hinweise, damit endlich Licht in die Sache kommt. Dass O'Sullivan einen verwirrten Geist hat, ist offensichtlich.«

»Dann viel Erfolg, Collins. Ich bleibe hier im »Whiskey Jar«. Vielleicht mache ich zu späterer Stunde noch einen kleinen Spaziergang und statte Ihnen einen Besuch ab.«

Collins bedanke sich noch einmal für die Einladung und verabschiedete sich. Vorher bezahlte er die Getränke von Jenkins und ihm. Den Betrag musste er sich unbedingt für Jenkins' Buchführung merken.

Vor dem Gasthaus schlug er den Kragen seines Mantels hoch und schob den Hut tiefer ins Gesicht. Es stürmte und regnete. Zudem war es kalt geworden. Collins sah, wie trotz des Sturmes ein Reiter beim Gasthaus ankam. Er schien sich auszukennen, denn er sprang vom Pferd und führte es direkt hinter das Haus in den Hof, wo sich ein Stall für die Reittiere der Gäste befand. Collins nahm aber weiter keine Notiz von dem Mann.

Im Gefängnis angekommen, rief er sofort nach Jenkins, der auch prompt erschien.

»4 Pennies«, sagte Collins.

»Wie bitte, Sir?«

»Unsere Getränke. Für Ihre Buchhaltung.«

Jenkins nickte. »Was macht unser Gefangener?«, fragte der Sheriff nun.

»Der Doktor hat ihm eine kleine Menge von dem Whisky verabreicht. Es ist erstaunlich. Er hörte kurz darauf auf zu zittern. Sein Reden scheint nun klarer und er hat nach Ihnen gefragt, Sir.«

»So? Das ist tatsächlich interessant. Vielleicht bringen wir jetzt noch mehr Licht ins Dunkel. Lassen Sie ihn bringen. Vorher geben Sie ihm Wasser zum Waschen und frische Kleidung. Wir werden sehn, ob Goodwin Recht behält.«

Wenig später stand O'Sullivan vor dem Sheriff. Er hatte saubere Kleidung an und sein schütteres Haar war nach hinten gekämmt und zum Zopf gebunden. Seine Gesichtsfarbe war aber fahl und seine Augen rot umrandet. Das Weiß darin schimmerte gelblich. Seine Hände waren immer noch in Ketten, nur die Kugel an den Füssen hatte man entfernt.

»Nehmen Sie Platz, Mr. O'Sullivan. Wie ich sehe, geht es Ihnen besser?«

»Ja, Sir, vielen Dank. Und danke auch für die frischen Sachen.«

»Danken Sie nicht mir, die Sachen zahlen Sie selbstverständlich von Ihrem Geld. Schließlich hatten Sie mehr als 5 Guineen in einem Beutel bei sich. Wir haben das Geld für Sie verwahrt.«

»Danke Sir. Ich möchte Ihnen nun nocheinmal die genauen Umstände erklären, die sich auf dem Weg hierher und im »Whiskey Jar« zugetragen haben. Aber vorher möchte ich Sie um einen kleinen Schluck von dem Whiskey bitten, den der Doktor mitgebracht hat.

Ein wahres Wundermittel! Ich fühle mich wie ausgewechselt!«

»Jenkins! Holen Sie einen Becher und den Krug!«

»Danke , Sheriff, Sir! Sie sind ein echter Gentleman.«

»Schon gut, lassen wir das!«

Collins schenkte einen kleinen Schluck in den Becher.

O'Sullivan sah skeptisch zu, er blickte etwas enttäuscht auf den Becher.

»Oh, Sir, haben Sie nicht ein klein wenig mehr für mich?«

»Natürlich, mein Lieber. Aber zuerst reden wir.«

»Oh, ja, natürlich. Also, wo soll ich beginnen?«

»Am Besten von vorn. Wie heißen Sie?« Mit fragender Miene blickte O'Sullivan den Sheriff an.

»Sir? Das wissen Sie doch? Ich heiße Ian O'Sullivan. Ich war Steuermann auf der »Maiden of Cork«, Sir. Ich bin dort vor... äh...«

»Vier Tagen? Oder vier Monaten? Oder vor vier Jahren? Wann denn nun, Ian? Es gab auf der Mannschaftsliste der »Maiden of Cork« keinen Ian O'Sullivan! Soviel haben wir nun herausgefunden.«

»Ich war dort! Letzte Woche war ich noch auf See! Das ist die Wahrheit!«

»Und wo kam das Schiff her? Wo haben Sie angeheuert? Dass Sie auf See gewesen sind, glaube ich schon. Aber wann?«

»Ich habe in Boston angeheuert, Sir. Vor 2 Jahren. Als Steuermann. Kann ich noch einen kleinen Schluck haben, Sir?«

»Jenkins, bringen Sie den Whiskey raus. Ich glaube, er bekommt Mr. O'Sullivan nicht gut.«

»Aye, Sir«, murmelte der Assistent und nahm den Krug in die Hand.

»Sir, bitte! Lassen Sie den Krug da. Nur noch einen winzigen Schluck. Ich sage alles, was Sie wissen wollen!« Der Sheriff sah O'Sullivan an und schüttelte den Kopf. Dann machte er eine abweisende Handbewegung, die Jenkins sofort veranlasste, den Krug zu nehmen.

»Nein, Sir, bitte warten Sie! Ich muss mich täuschen, es kann sein, dass ich schon ein paar Tage länger unterwegs gewesen war. Bitte, ich glaube, ein bisschen Whiskey könnte meiner Erinnerung auf die Sprünge helfen.«

»Also gut. Jenkins, bleiben Sie. Aber bevor es einen weiteren Schluck gibt, möchte ich wissen, an welchen Datum Sie abgemustert haben.«

»Aye, Sir. Das war am 16. Oktober 1764, Sir. Ganz sicher.«

»Am 16. Oktober 1764 also.«

»Genau, Sir. Ganz genau.«

Jenkins sah den Sheriff an. Was sollte das? Man schrieb doch das Jahr 1774. Warum tat der Sheriff das?

»Nun, Jenkins, schenken Sie unserem Gast noch ein kleines Gläschen ein und dann beenden wir unsere kleine Unterredung für heute. Morgen ist auch noch ein Tag.«

»Jenkins?«

»Äh, ja, Sir. Ich dachte nur kurz...«

»Nicht denken, einschenken!«, sagte Collins. O'Sulliva lachte auf.

»Der war gut, Sir! Ich dachte mir schon, dass Sie ein Mann mit Herz und Humor sind. Nichts für ungut.«

Collins grinste.

»Nun gut, Jenkins, geben Sie mir die Aufzeichnung der letzten Aussage und lassen Sie den Gefangenen unterschreiben. Dann machen wir Feierabend.«

Jenkins lächelte wissend und zog ein Schreiben hervor. Er legte es dem Gefangenen vor und dieser las es lange durch. Dann nickte er und Jenkins gab ihm eine Feder und Tinte. O'Sullivan kratzte sich am Kopf und nahm die Feder.

»Bitte Vor- und Zunamen, wir wollen doch, dass alles seine Richtigkeit hat, Mr. O'Sullivan.«, fügte der Sheriff hinzu.

Unsicher nahm Ian die Feder, steckte sie in die Tinte und begann auf das Papier zu malen. Lange zog er unleserliche Linien und Kreise über das Blatt. Als er fertig war, lächelte er unbeholfen und hatte Schweißperlen auf der Stirn. Er hatte einen Bericht über eine Wirtshausschlägerei in der letzten Woche unterzeichnet.

Der Mann konnte anscheinend weder lesen noch schreiben. Zudem wußte er nicht, welches Jahr man schrieb. War sein Verstand vor 10 Jahren stehengeblieben?

Wissenschaft

Die ganze Zeit hatte der Doktor die Szenerie beobachtet und war nicht weiter eingeschritten. Gerne hätte er aber einen weiteren Verlauf beobachtet, wenn der Gefangene noch mehr Alkohol bekommen hätte.

»Warum haben Sie abgebrochen, Sheriff? Ich hätte gerne gesehen, wie der Mann sein Wesen mit zunehmendem Alkoholgenuss verändert. Ich hätte geschworen, dass er die typischen Stadien durchlaufen hätte. Zunächst ein depressives, weinerliches, dann ein aggressives und dann vielleicht ein gewalttätiges Stadium, bis er schließlich zusammengebrochen wäre.«

»Nun, ich habe für meinen Teil genug für heute erfahren. Es ist schon spät. Jenkins wird Sie nach Hause begleiten, Doktor Goodwin.«

»Sir, ich würde gerne bei weiteren Verhören dabei sein. Wissen Sie, es gibt hier nicht so oft Gelegenheiten zu wissenschaftlichen Studien. Die Arbeit eines Landarztes beschränkt sich doch auf sehr überschaubare medizinische Notfälle. Und die meisten Erkrankungen und Gebrechen sind nach wie vor Terra Incognita, wenn ich das so sagen darf.«

Collins winkte gelangweilt ab.

»Gute Nacht, Doktor. Und was das Beiwohnen von Verhören angeht, müsste es schon einen medizinischen Grund dafür geben, Sir.«

Jenkins führte Goodwin hinaus. Collins sah sich die Unterschrift des Gefangenen an. Wieso hatte der Mann behauptet, lesen und schreiben zu können? Das war doch leicht zu überprüfen. Überhaupt war der Mann ein Rätsel. Er schien aus der Zeit gefallen. Es musste doch möglich sein, seine Identität zu überprüfen. Wenn man nur die Merkmale von Personen aufschreiben könnte, in einer Kartei beispielsweise. Bestenfalls führte ein gewissenhafter Grundbesitzer Buch über seine Pächter. Aber das war eher selten und bezog sich nur auf dessen Schulden. Ausser Taufbüchern gab es keinerlei Aufzeichnungen über gemeine Untertanen seiner Majestät. Taufbücher. Wenn der Mann in Irland geboren war und katholisch, dann musste es einen Eintrag in ein Taufbuch geben. Collins sprang auf. Das war seine Art von Wissenschaft. Ein scharfer Verstand und die exakte Ermittlung von Fakten.

Er ging zur Zelle und klopfte an die Tür und öffnete

die Klappe, durch die der Wärter das Essen schob.

»Mr. O'Sullivan! Ich habe noch eine letzte Frage.«

»Ja, Sir?«

»Wo wurden Sie geboren und in welchem Jahr?«

»Wozu müssen Sie das wissen, Sir?«

»Es geht nur um die Vollständigkeit Ihrer Angaben, Mr. O'Sullivan.«

»Ich wurde im April, den 23sten im Jahr des Herren 1742 geboren, Sir«, gab Ian an, überlegte kurz und sagte dann, »In Kinsale, glaube ich.«

»Hm. Vielen Dank. Gute Nacht.«

»Sir?«

»Ja?«

»Hätten Sie noch einen kleinen Schluck Whiskey für mich, bitte? Ich kann nicht schlafen.«

»Morgen wieder. Für heute ist es genug.« Damit schloss Collins die Klappe und drehte sich um. In der Zelle hörte er den Gefangenen fluchen und eine Schüssel durch den Raum werfen.

Collins zog die Augenbrauen hoch und ging.

Mittlerweile hatten Goodwin und Jenkins das Haus des Doktors erreicht. Jenkins wollte sich verabschieden, doch der Doktor fragte den Assistenten des Sheriffs noch, ob er nicht einen kleinen Feierabendschluck mit ihm einnehmen wolle. Jenkins war überrascht, war

Goodwin doch bekanntermaßen Abstinenzler.

»Für besondere Gäste habe ich einen kleinen Vorrat Portwein zu Hause, Jenkins. Sie müssten also nicht mit Wasser vorlieb nehmen.«

»Sir, es ist schon spät. Ich, äh...«

»Nun zieren Sie sich nicht so, Jenkins. Ich sehe, Sie sind auch ein Mann der Wissenschaft. Ich habe ihre Aufzeichnungen gesehen. Sehr genau und ordentlich. Sie hätten das Zeug zum Forscher.«

»Meinen Sie, Sir? Nun, in der Tat, ich interessiere mich wirklich für gewisse wissenschaftliche Dinge. Mathematik zum Beispiel. Aber auch die Messung von Zeit und Raum ist eine sehr interessante Thematik, Sir.«

»Das müssen Sie mir genauer erzählen, junger Freund. Es gibt hier in unserer Kleinstadt nicht sehr viele geistige Größen. Abgesehen von Mr. Collins, den ich ebenfalls für wissenschaftlich sehr interessiert halte.«

Jenkins ließ sich also einladen und folgte dem Doktor in sein Haus. Es war sehr sauber und geräumig. Goodwin hieß Jenkins, sich in einen der beiden bequemen Sessel am Kamin zu setzten und legte Holz auf das ersterbende Feuer nach. Bald loderten die Flammen neu auf und verbreiteten eine wohlige Wärme. Das Gespräch ging zunächst angeregt hin und her.

Dann begann der Doktor mit einem Monolog und er erzählte schließlich von seiner größten Leidenschaft, der Erforschung des menschlichen Verstandes und dessen Sitz, dem Gehirn. Größe, Gewicht, Aufbau und Erkrankungen, über all das referierte der Doktor begeistert. Leider sei er bei seinen Forschungen nur auf Defekte und Erkrankungen angewiesen, die ihm seiner Meinung nach dadurch zeigten, wofür sie im Körper verantwortlich waren, wenn es eben nicht funktionierte. Über die Disfunktion könne er dann Rückschlüsse auf die Funktion eines Gehirnbereiches ziehen. Jenkins hörte zunächst interessiert, dann aber eher gelangweilt zu. Zu viele Ungenauigkeiten, Wenns und Abers, und auch Widersprüche begleiteten den Vortrag. Goodwin wirkte nicht nur begeistert, er war besessen. Doch schließlich bemerkte er, dass sein junger Gast ihm nicht mehr zuhörte.

»Oh, mein Lieber, ich sehe, ich langweile Sie. Verzeihen Sie. Mein Vortrag muss schrecklich trocken und furchtbar langweilig theoretisch gewesen sein. Aber falls Sie noch etwas Zeit haben, führe ich Sie gerne in mein Labor. Sie werden sehen, Theorie ist das Eine. Praxis, das Andere!«

Goodwin sprang auf. Jenkins fühlte sich etwas benommen vom Port und brauchte einen Moment. Als er stand, schwankte er leicht.

»Oho, junger Freund. Ich sehe, Sie sind Alkohol nicht gewohnt. Das freut mich um so mehr, weil es besser für die Gesundheit ist. Also, sich das Trinken nicht anzugewöhnen.«

Goodwin nahm einen Leuchter und ging voran.

»Hier entlang, Mr. Jenkins. Hinter dieser verborgenen Türe ist eine geheime Treppe, sie führt hinunter zu meinem Allerheiligsten!«

Der Arzt öffnete eine vorher unsichtbare Türe in der Wandvertäfelung, die den Weg zu einer absteigenden Treppe freimachte. Goodwin ging vor. Jenkins stolperte dem Arzt hinterher. Am unteren Ende der Treppe befand sich eine weitere Türe, die Goodwin mit einem langen Schlüssel öffnete.

»Treten Sie näher! Ich zeige Ihnen nun meine Sammlung bester Präparate. Es sind mittlerweile an die hundert Stück. Aber nur 10 davon sind menschliche Gehirne.«

Goodwin stellte den Leuchter vor einen Spiegel. Sofort erhellte sich der Raum, da überall an den Wänden Spiegel hingen. Jenkins erschrak. Er blickte in starre, tote Augen, blasse Gliedmaßen schwammen in gelblichen Flüssigkeiten. Alles war in großen Glasbehältern aufbewahrt. Gehirne, ganze menschliche Fö-

104

ten mit Missbildungen aller Art, übergroße Köpfe von Ungeborenen. Aber auch andere, grausige menschliche Körperteile. Es roch stark nach Alkohol und etwas süßlich. In der Mitte des Raumes befand sich ein etwa sechs Fuß langer Eichentisch, der von Blut und anderen Flüssigkeiten dunkel gefärbt war. Jenkins' Magen drehte sich um.

»Sir, das ist.., sehr beeindruckend..., aber ich müsste dringend an die frische Luft!«, stammelte der junge Assistent des Sheriffs. Ihm war furchtbar übel. Er war blass und und sein Magen krampfte. Kalter Schweiß stand auf seiner Stirn.

»Oh, das tut mir leid«, sagte der Doktor, »Hier entlang! Hier gibt es einen Hinterausgang. Er schob den jungen Polizisten durch einen kurzen Gang hinaus in den Garten. Im Gang nahm Jenkins zwei Paar sehr verschmutzter Stiefel und eine Schaufel wahr. Doch dann stürmte er hinaus und musste sich übergeben.

»Vielen Dank für die Führung, Doktor. Es tut mir leid, ich scheine Alkohol wirklich nicht zu vertragen. Bitte entschuldigen Sie, Sir«, sagte er, nachdem er sich den Mund abgewischt hatte.

»Macht doch nichts. Sie können hier gleich durch den Garten zurück auf die High Street. Wir sind hier hinter dem Friedhof.«

»Ah, gut. Da kenne ich mich aus. Einen schönen Abend, Sir«, stammelte der junge Mann und taumelte benommen davon.

Aghadoe

Die junge Frau öffnete die Tür. Es war eigentlich noch
früh am Morgen, doch Emily Collins, die Tochter des
Sheriffs war es gewohnt, früh auf den Beinen zu sein,
um ihren Haushalt zu besorgen. Seit dem Tod der Mutter tat sie dies geflissentlich, und sehr zur Freude ihres
Vaters. Obwohl sie erst 17 Jahre alt war, fiel ihr diese
Arbeit nicht sehr schwer. Von klein auf war sie dazu er-
zogen worden, den Haushalt für einen Mann zu führen,
und als vor zwei Jahren die Mutter schwer krank wurde, hatte sie selbstverständlich deren Aufgaben über-
nommen. Nun war das Haus oder vielmehr Cottage der
kleinen Familie nicht sehr groß und geräumig, machte
aber viel Arbeit. Vor allem, wenn man den Anspruch
einer Collins an Sauberkeit und häuslicher Behaglich-
keit hatte. Zudem war dem Mädchen ihr Äußeres sehr
wichtig, jede Locke ihres blonden Haares musste per-
fekt sitzen. Trotzdem las Emily viel, und sie hatte sich
gerade eine Tasse Tee eingegossen und wollte ein paar

Seiten lesen, bevor sie zum Markt gehen würde. Ihre disziplinierte Zeiteinteilung erlaubte hin und wieder kurze Zeiten der Muße. Nun war sie aber unterbrochen worden, was sie zunächst ärgerte, aber nur so lange, bis sie den schlanken, großgewachsenen Helfer ihres Vaters vor der Tür erblickte.

»Mr. Jenkins!«, sagte sie überrascht.

»Einen schönen guten Morgen, Miss Emily. Ich, äh.., wollte zu Ihrem Vater. Er ist noch nicht im Büro erschienen.«

»Mein Vater? Er ist heute schon sehr früh aufgestanden, wurde von zwei Gentlemen abgeholt und ist mit ihnen weggeritten. Soweit ich verstanden habe, wollten sie zur Entenjagd.«

»So? Ähm, ich meine, das habe ich gar nicht gewusst. Wer waren denn die Herren? Er hat gestern gar nichts erwähnt.«

»Sir, es tut mir leid. Ich war noch im Nachtgewand, als sie kamen. Vater hieß mich, oben zu bleiben. Gestern, sehr spät am Abend kam noch ein Bote, der eine schriftliche Einladung zur Jagd übergab. Ich habe mich auch gewundert. Vater ist nicht gerade ein begeisterter Jäger. Er geht lieber Fischen. Die Einladung liegt noch hier, Mr. Jenkins.«

Emily übergab Jenkins das Schreiben. Es trug die

Unterschrift von Sir William Godfrey.

Jenkins gab die Karte zurück.

»Na, dann...«

»Möchten Sie nicht hereinkommen, Mr. Jenkins, Sir? Ich habe gerade Tee aufgegossen.«

»Vielen Dank, Miss Collins, bitte keine Umstände«, stammelte der junge Mann, »Aber ich muss dringend ins Büro. Wissen Sie, wann die Herren zurückkommen wollten?«

»Ich erwarte Vater zum Lunch, Mr. Jenkins.«

»Benjamin, bitte nennen Sie mich Benjamin. Würden Sie ihm bitte ausrichten, dass ich im Büro warte? Ich habe wichtige Neuigkeiten.«

»Sehr gerne, Mr...Benjamin.«

»Also dann...«

»Also dann..«

»Auf Wiedersehen, Miss Emily.«

»Das hoffe ich!«, gab die junge Frau mit einem Lächeln zurück, dass Jenkins rot anlaufen ließ. Sie war entzückend. Er drehte sich um und stolperte durch den Regen davon.

Nun war die Nachricht, die diesen Morgen von der Verwaltung aus Cork gekommen war, nicht sehr lang. Aber immerhin enthielt sie einen Hinweis auf einen Ian O'Sullivan, der in einem Dorf ganz in der Nähe geboren sein sollte. Das Dorf hieß Aghadoe und war etwa 6 Meilen entfernt. Mit dem Pferd konnte Jenkins es heute Vormittag leicht erreichen. Jenkins wußte, dass es dort eine kleine Kirche gab. Er fasste sich ein Herz und lief zum Verwaltungsgebäude, in dem auch das Büro des Sheriffs und das Gefängnis untergebracht waren. Im hinteren Teil befand sich ein Stall, wo einige Pferde untergestellt waren. Eines gehörte dem Bürgermeister, ein anderes dem Sheriff. Das des Sheriffs war weg. Zudem gab es noch einen Ackergaul, ein richtiges Schlachtross, das schwerfällig und riesig war. Jenkins hieß Joe, es zu satteln.

»Keine Widerrede, Joe«, sagte Jenkins brüsk, als dieser sich entziehen wollte. Er sei schließlich Kerkermeister und kein Stallbursche. Wenig später saß der junge Assistent im Sattel und trieb das Reittier an. Dieses fiel in einen gemütlichen Trab, was dem ausgesprochen schlechten Reiter Jenkins sehr entgegen kam. Ruhig und gleichmäßig ritt er dahin, wobei nicht ganz klar war, wer auf diesem Ritt das Sagen hatte. Aber immerhin stimmte die Richtung.

Bereits um etwa 10 Uhr hatte Jenkins das Dorf erreicht. Jenkins ging zuerst zur Kirche. Er hatte vor, umgehend die Taufbücher einzusehen. Der Kirchendiener wollte dem »verfluchten Anglikaner« Jenkins den

Zutritt verwehren, aber für ein paar Pennies war er bereit, dem »verdammten Engländer« alles in der Kirche zu zeigen, einschließlich der Aufzeichnungen aller Priester hier seit dem Mittelalter. Und tatsächlich: Es gab einen Eintrag vom 23. April des Jahres 1742:

»Zur heiligen Taufe erschienen an diesem Tage Mrs. Maureen O'Sullivan, mit ihrem Sohn Brodie und dem Täufling Ian. Taufpate ist ... «

Hier hatte jemand mit einer Klinge den Namen entfernt. Der entscheidende Hinweis auf den mutmaßlichen Vater O'Sullivans fehlte, sollte der Pate denn auch der Vater gewesen sein. Jenkins fand nach einigem Suchen auch eine Maureen O'Sullivan im Sterberegister. Im Herbst 1756 war sie im Alter von nur 35 Jahren gestorben. Ihre Söhne mussten da 14 und 17 Jahre alt gewesen sein. Hier war der Beweis über die Richtigkeit eines Teiles der Aussage von O'Sullivan. Über Brodie fand Jenkins keine Taufaufzeichnungen. Möglicherweise hatte man der jungen Mutter die Taufe eines unehelichen Kindes verwehrt oder das Kind war anderswo getauft worden.

Ein Arzt sei sein Vater gewesen, hatte der Gefangene gesagt. Benjamin Jenkins beschlich eine leise Vorahnung.

Flucht

Joe der Kerkermeister dachte nach. Wieso sollte dieser Ian irgendwo Geld haben? Heute morgen war niemand ausser ihm und dem Gefangenen hier. Das Experiment, wie der Doktor es nannte, hatte ja anscheinend funktioniert. Etwas Whiskey, und der Gefangene erzählte alles. Joe schielte auf den Krug aus dem »Jar«, der immer noch in der Ecke stand. Wieso sollte er eigentlich das Experiment nicht weiterführen? Schließlich war er nun der Verantwortliche hier. Der Sheriff und sein Gehilfe, dieser junge Fatzke Jenkins waren fort und würden vor dem Mittag nicht zurückkehren. Also blieb genug Zeit, noch etwas aus O'Sullivan herauszubekommen. Natürlich interessierte Joe vor Allem, ob dieser Ian wirklich noch Geld hatte. Er nahm den Krug und einen Becher und ging zur Zelle.

»He, O'Sullivan! Ich hab hier was für Dich!«, rief er durch die Klappe. Dann stellte er den Becher mit einem Schluck des Fusels hin.

Der Gefangene kam und schüttete sich den Inhalt hinunter.

»Danke, Joe. Du weißt, wie man einem Mann die Lebensgeister erweckt!«

»Na klar, mein Alter. Und jetzt sag' mir, wo Du noch Geld hast. Ich hab nämlich noch einiges an gutem Stoff hier im Krug und es wäre doch schade, wenn es drin bliebe.«

»Lass doch den Krug da, Joe. Ich bekomme das Geld vom Doktor. Als Vorschuss. Ich hab' meinen Körper der Wissenschaft vermacht. Also dem Doc. Als er mich untersucht hat, hat er mir 100 Shillinge versprochen, über die ich sofort verfügen kann. Jederzeit.«

»Aha. Gut. Mehr wollte ich gar nicht wissen.«

»Das ist aber mehr als nur einen Schluck wert, Joe. Du bekommst einen Pennie für einen vollen Becher. Los, schenk ein!«

Joe schenkte den Becher voll. Wieder kippte der Gefangene alles in einem Zug hinunter.

»Ah. Es geht mir jetzt viel besser. Noch einen, Joe!«, sagte Ian nun schon aggressiver. Joe hielt inne. Er wollte nicht, dass Ian zu randalieren anfing. Das hätten seine Vorgesetzten ihm übel genommen.

»Schluss jetzt, O'Sullivan! Es reicht!«

»2 Pennies! Ich geb' Dir 2 Pennies für einen weiteren

Becher. Dann geb ich Ruhe.«

Joe gab nach. Wieder trank Ian den Becher auf Ex. Dann sank er hinter der Türe zusammen.

»Ian? Was ist los? Ian! Gib Antwort.« Doch der Gefangene gab nur ein leises Röcheln von sich. Er schien kollabiert zu sein.

»Verdammt!«, rief Joe und stellte den Krug weg. Er schloss die Türe auf und sah O'Sullivan neben der Türe am Boden liegen. Er beugte sich über den Gefangenen, denn dieser schien ihm röchelnd etwas sagen zu wollen.

»Was ist los? Willst Du mir noch etwas sagen, bevor Du verreckst?«, raunte Joe im zu.

Doch da gab Ian dem Wächter einen gewaltigen Kopfstoß, der Joe das Nasenbein brach und ihn zusammensacken ließ.

»Au! Du verdammte Missgeburt!«, brüllte er. Doch der Gefangene war schon über ihm und schlug Joe dermaßen hart ins Gesicht, dass er augenblicklich ohnmächtig wurde.

Ian packte die Schlüssel zu den Handschellen und zur Kerkertüre, schloss seine Fesseln auf und sperrte Joe ein. Vor der Türe nahm er den Mantel des Wächters und den Krug. Eine Flinte und etwas Munition konnte Ian ebenfalls erbeuten, bevor er das Weite suchte.

Nur wenige Leute hatten ihn beobachtet, als er den

Ort verließ. Zunächst wandte er sich nach Norden, denn auf der anderen Seite von Killarney lag Lough Leane und dahinter die Berge von Dunloe. Dort wollte O'Sullivan sich verstecken. Doch der Weg dahin war weit und Ian geschwächt. Er machte oft Pausen und trank Whiskey. Zunächst belebte ihn der billige Fusel, doch noch schneller machte er ihn müde. Am Nordufer des Sees lag ein einsamer Kahn, nicht vielmehr als ein Einbaum. Ian nahm ihn einfach und fuhr damit ein Stück über den See. Dabei sang er laut und redete mit sich selbst:

»Die Molly hat mich übers Ohr gehaun',
so ist das wohl mit schönen Frau'n.
Morgen bin ich in den Bergen,
versteck' mich vor des Sheriffs Schergen!
Da leb' ich dann als ein freier Mann,
kein Jäger kommt so an mich ran.
Und eines Tages kehr' ich heim,
dann ist meine Molly nicht mehr allein...«

Als er am westlichen Ufer angekommen war, war Ian ziemlich betrunken. Der Krug war leer. Ian warf ihn in den See und ließ das Boot hinaustreiben. Dann schwankte er den Berg hinauf.

Mittlerweile war es Mittag geworden.

Menschenjagd

Fast gleichzeitig kamen der Sheriff und Jenkins am Verwaltungsgebäude in Killarney an.

»Jenkins! Wo zur Hölle waren Sie mit dem Ackergaul?«, herrschte Collins den jungen Hilfssheriff an.

»Äh, entschuldigen Sie, Sir, aber Sie waren nicht da und ich habe Hinweise auf die Identität unseres Gefangenen erhalten. Ich war in Aghadoe und habe dort im Taufregister einen Ian O'Sullivan gefunden. Er stammt also tatsächlich aus dieser Gegend. Er hat auch einen Bruder, zumindest war dieser bei der Taufe anwesend. Zusätzlich habe ich herausgefunden, dass…«

»Schon gut, Jenkins. Gehen wir erst einmal hinein. Ich habe durch diese unsinnige Entenjagd einen halben Tag verloren und hab mir zu allem Übel auch noch nasse Füße geholt. Gehen Sie zu meiner Tochter und bitten Sie sie, mir das Essen und trockene Schuhe hierher zu bringen. Wo steckt denn dieser Joe? Er soll sich um die Pferde kümmern!«

Jenkins ging sofort los, denn sehr gerne würde er der hübschen Tochter des Sheriffs nocheinmal einen Besuch abstatten. Wer weiß? Vielleicht wurde er ebenfalls eingeladen, mit den beiden zu essen.

Doch als er ein paar Schritte gegangen war, hörte er Collins laut brüllen.

»Jenkiiiins! Kommen Sie her! Sofort!«

Benjamin drehte sich um und lief zurück in das Gefängnis. In der Zelle lag mit blutüberströmtem Gesicht Joe, der Wärter. Collins beugte sich über ihn und schüttelte ihn.

»Ist er tot, Sir?«, fragte Jenkins. Joe stöhnte. Die Frage hatte sich erübrigt.

»Lauf los und hol den Doktor, Junge.«, sagte Collins in einem ungewöhnlich mildem Tonfall, »und beeil Dich.«

Jenkins lief, so schnell er konnte, zum Haus des Doktors. Dieser saß mit seiner Frau zu Tisch. Als der junge Mann an die Tür klopfte, war der Doktor ungewohnt unfreundlich.

»Was fällt Ihnen ein, mich beim Lunch zu stören, junger Mann? Wehe, wenn Sie keinen triftigen Grund für diesen Auftritt haben! Mrs. Goodwin und ich schätzen unsere Mittagspause sehr.«

»Es tut mit wirklich sehr leid, Sir, aber der Sheriff

bittet Sie, umgehend zum Gefängnis zu kommen. Der Gefangene ist geflohen und hat Joe schwer verletzt!«

»Hm, das ist in der Tat ein triftiger Grund. Gut. Ich komme sofort, gehen Sie vor und sagen Sie das dem Sheriff. Ich packe meine Sachen zusammen«, sagte der Doktor schroff.

Goodwin wußte inzwischen von dem Possenspiel um den falschen Namen des Adeligen im Jar und war natürlich beleidigt, weil man ihn so hinters Licht geführt hatte.

Jenkins verließ den Arzt und rannte zurück zum Gefängnis. Dort angekommen, sah er weitere Pferde fertig gesattelt vor dem Haus stehen. Auch der High Sheriff, Sir William und sein Verwalter James Fowler waren in das Gefängnis gekommen.

»Verdammte Schlamperei, Collins! Wieso war der Mann mit dem Gefangenen alleine? Und wo ist denn dieser Bursche, Jenkins?«

»Ich bin hier, Sir!«

»Wieso haben sie diesen Wärter alleine gelassen? Sie sind verantwortlich für diese Schlamperei!«, sagte der High Sheriff.

»Sir, ich...äh...«, stammelte Jenkins.

»Bei allem Respekt, Sir. Mein Gehilfe war auf meinen Befehl unterwegs, um für unsere Ermittlungen wichtige Informationen zu überprüfen. Und Schuld an dieser Misere ist vor allem Joe selbst. Schließlich müssten dicke Mauern, vergitterte Fenster und eine 3 Zoll Eichentüre eigentlich ausreichen, um einen kaputten Säufer in Schach zu halten.«

»Hm, nun gut. Wo bleibt denn nun der Doktor?«, fragte Sir William Godfrey.

»Mr. Fowler, sehen Sie nach! Und wir, Sheriff, sollten einen Suchtrupp zusammenstellen. Wohin könnte sich der Flüchtige wenden?«

»Das ist eine gute Frage. Ich würde versuchen, mich in den Bergen zu verstecken. Aber es gibt auch einen Hinweis auf seinen Heimatort. Aghadoe.«

In diesem Moment kam der Doktor herein. Er grüßte kurz die Anwesenden, bedachte vor allem Sir William mit einem sehr bösen Blick und ging dann sofort zu Joe, der immer noch gefesselt in der Zelle lag.

»Jenkins! Frisches Wasser und Tücher. Und sperren Sie diese Handfesseln auf!«

»Tut mir leid, ich habe keinen Schlüssel, Sir.«

Collins ging in den Nebenraum und kam mit einem großen Vorschlaghammer und einem Meißel wieder. Sie drehten Joe zur Seite, was dieser mit einem Stöhnen quittierte. Dann schlug Collins mit den Werkzeugen die Kette auseinander. Endlich konnte Joe versorgt werden. Jetzt erschienen Emily und Mrs. Goodwin nacheinander im Gefängnis. Beide hatten Lunchpakete dabei, die sie in Körben trugen.

»Ah. Sehr aufmerksam. Meine Damen? Ich bin entzückt«, sagte Sir William höflich. Jenkins ließ alle Hoffnung auf einen Lunch mit Emily fahren und half dem Doktor, Joe zu versorgen.

Sir William überschüttete Emily mit Komplimenten, vergaß aber auch Mrs. Goodwin nicht, die rot anlief wie ein Backfisch. Emily hingegen versuchte dauernd, um den High Sheriff herum zu Benjamin zu spähen und reagierte kaum auf Godfreys Süßholzgerasple. Dieser bemerkte natürlich Emilys gedankliche Abwesenheit.

»Miss Emily? Haben Sie mir zugehört?«

»Äh, wie bitte?«

»Was haben Sie denn da Leckeres in ihrem Körbchen? Sind das selbstgebackene Pasteten? Ich liebe Pasteten!«

»Ja, Sir. Sie sind für Vater und Benjamin, ich meine, Mr. Jenkins.«

»So, so. Nun gut. Ich denke, wir werden Ihre kulinarischen Produkte als Wegzehrung für unsere Jagd noch dem flüchtigen Verbrecher Ian O'Sullivan benötigen«, gab er etwas kühl zurück. Dann sprach er wieder zu den Männern:

»Gentlemen! Ich denke, wir sollten keine Minute verlieren. Ich möchte den Mann noch heute wieder fassen. Sollte der Wärter den Tag nicht überleben, spielt es keine Rolle, ob tot oder lebendig.«

»Sir, da ist noch etwas. Er hat eine Waffe mitgenommen, die Bess Brown des Gefängniswärters!«, sagte Collins, dem gleich aufgefallen war, dass die Flinte fehlte.

Der Doktor meldete sich zu Wort.

»Gentlemen, ich werde Sie begleiten. Sollte es zu irgendwelchen Verletzungen kommen, benötigen Sie medizinischen Beistand. Der Wärter hier ist soweit versorgt. Er kann aber noch nicht vernommen werden. Ich denke aber, dass er bis heute Abend wieder zu sich kommt.«

»Mein lieber Doktor. Ihr Einsatz in allen Ehren. Aber hier sind andere Fähigkeiten als die Ihren von Nöten. Können Sie überhaupt schießen?«, fragte Sir William etwas spöttisch.

»Können Sie eine Kugel herausschneiden? Ich schon. Der Mann ist bewaffnet. Er war, soweit ich verstanden habe, Soldat. Also ist er gefährlich. Mister Collins, welche Reichweite hat die Flinte?

»Auf gut 100 Yards ist sie durchaus treffsicher. Und er hat auch Munition. Sollte er uns eine Falle stellen, gehört der erste Schuss ihm.«

»Meine Herren, dann gebe ich Ihnen mein Wort, die erste Kugel im Leib eines von Ihnen schneide ich kostenlos heraus.«

Die Männer sahen sich an. Emily war entsetzt. Mrs. Goodwin bedachte ihren Mann mit einem Blick, der mindestens genauso tödlich war wie eine Musketenkugel.

»Vater, bitte gib' auf Dich acht. Was soll sonst aus mir werden?«

»Bitte, Emily, geh' nach Hause. Wir sind bis zum Abend zurück. Weit kann der Mann nicht sein. So wie es aussieht, hat er auch den Krug mit Whiskey mitgenommen. Er liegt bestimmt irgendwo betrunken im Gras«, sagte Collins beschwichtigend.

»Recht gesprochen, Sheriff!«, rief nun Sir William. »Es gibt nun nur noch eins, was wir tun müssten.«

Alle sahen ihn fragend an.

»Wir müssten aufbrechen!«, sagte er und lachte über seinen eigenen Witz.

»Ähem, gut«, räusperte sich Collins. Er und die anderen Herren beugten sich über eine Karte von Kerry County.

»Wenn er zu Fuß unterwegs ist, und davon gehen wir aus, kann er erst wenige Meilen geschafft haben.

Westlich begrenzt also Lough Leane unser Suchgebiet. Somit müssten wir einen Halbkreis mit dem Mittelpunkt hier ziehen...«

»Man merkt, Sie haben keine Ahnung von Menschenjagd, Collins«, unterbrach der High Sheriff. »Mein Hund wird die Fährte aufnehmen und uns direkt zu dem Kerl führen. Fowler! Holen Sie Cerberus!«

»Nun gut«, sagte Collins etwas beleidigt, »da haben Sie sicher Recht. Dann sollten wir jetzt unseren Suchtrupp zusammenstellen. Sie und Mr. Fowler sind ja bestens ausgestattet. Jenkins, Sie und Dr. Goodwin nehmen den Percheron. Wir haben leider nicht genügend Pferde für alle zur Verfügung. Packen Sie auch noch ein paar Decken und den Proviant der Damen ein. Haben Sie ihre Pistolen?«

Jenkins nickte und drehte sich um, um die gewünschten Dinge einzusammeln Dazu packte er noch schnell einige andere Gegenstände, die er für wichtig hielt. Als er zu Emily kam und den Korb von ihr entgegennahm, nahm sie seine Hand.

»Passen Sie bitte auf sich auf, Sir. Und wenn es geht, auch auf Vater«, flüsterte sie ihm zu. Wieder nickte er und lächelte. Ja, das würde er tun. In Gedanken gab er ihr einen langen Abschiedskuss.

»Schlafen Sie nicht ein, Jenkins!«, mahnte der High

Sheriff, dem der Blickkontakt der beiden nicht entgangen war.

So brachen sie auf. Innerhalb einer halben Stunde hatten sie die Stelle erreicht, wo Ian das Boot gefunden hatte. Die Fährte endete am Wasser.

»Und nun, Mylord?«, fragte Doktor Goodwin, »Übers Wasser können wir nicht reiten!«

Wieder schmunzelte Godfrey. »Wenn Sie das Reiten nennen, was Sie und der junge Mann da auf diesem Schlachtross veranstalten?«

»Sir, bei allem Respekt. Um das Ufer abzusuchen, brauchen wir mehr Männer. Männer, die wir hier nicht haben. Es sei denn, wir schalten das Militär ein. In Killarney ist immerhin ein Regiment stationiert«, sagte der Sheriff. Goodwin nickte.

»Ich bitte Sie, Gentlemen. Das macht doch keinen Spaß. Cerberus würde die Spur auch über das Wasser finden. Los, Cerberus such!« Der Entenhund sprang in die kalten Fluten und schwamm sofort in die Richtung, in die O'Sullivan gefahren war.

»Na also. Was liegt in dieser Richtung, Mr. Collins?«

»Hm. Zunächst nur Berge. Keine Ortschaften. Dahinter wird es unwegsam und die einzige Straße führt durch den Gap of Dunloe. An ihr entlang liegen ein paar vereinzelte Höfe.«

»Ah, die Schlucht von Dunloe. Sehr schön um diese Jahreszeit, habe ich gehört. Dann lassen Sie uns aufbrechen, Gentlemen«, gab Sir William freudig erregt zurück. »Cerberus! Fuß!«

Sofort drehte der Jagdhund um und kam zurück ans Ufer. Aus einem Lederbeutel an seinem Gürtel gab sein Herr ihm ein Stück Fleisch, welches das Tier hastig verschlang.

In den Bergen

Ich war schon ein ganzes Stück den Berg hochgegangen als mich eine schwere Müdigkeit befiel. Die Anstrengung der letzten Tage und auch der Genuss des Whiskeys am Morgen ohne Frühstück waren zu viel gewesen. Ich musste mich setzten. Zu meinen Füssen lag Lough Leane. Ringsherum hatte sich das Laub der Bäume verfärbt und die Farben leuchteten in der Mittagssonne. Es war angenehm mild, nicht warm und nicht kalt. Ich schloss die Augen. Wieder träumte ich von Molly, die mir so schöne Augen gemacht hatte. So gut hätte alles werden können. Mit dem Geld des Captains, dass ich ihm genommen hatte, hätten wir eine neue Zukunft aufbauen können. Weit weg von hier. Aber nein, sie musste mich verraten. Wieder ging mir durch den Kopf was der Sheriff gesagt hatte. 1764. Seltsam, aber irgendetwas schien mir nicht zu stimmen. War es wirklich erst zwei Jahre her, dass ich aus Boston zurückgekommen war? Es kam mir wie ein halbes

Leben vor. Als ich die Augen öffnete, stand sie Sonne bereits nur noch eine Handbreit über dem westlichen Horizont. Ich lud zunächst die Flinte, was mir schwer fiel, da meine Hände wieder zu zittern begannen. Ich verfluchte mich selbst, dass ich den Krug auf einmal geleert und kein bisschen Whiskey aufgehoben hatte. Ich wußte doch, dass nur Alkohol gegen das Zittern half. Trotzdem musste ich gewappnet sein, wenn mich etwaige Verfolger aufspürten.

Ich schulterte das Gewehr und ging weiter. Bald hatte ich den Gipfel erreicht und es ging talwärts. Ich wollte bis zur Dunkelheit die nächste Hügelkette erreicht haben, denn ich wußte, dass dort im Tal von Dunloe die felsige Landschaft eine Verfolgung zu Pferde schwierig machen würde. Ich schwitzte und mir war schwindlig. Dennoch erreichte ich in der Dämmerung die Felsen. Ich suchte mir einen guten Platz, von dem aus ich das ganze Tal überblicken konnte. Und tatsächlich. Über die Hügel kamen Reiter in meine Richtung. Es waren vier Pferde zu sehen. Auf einem, dem größten, schienen zwei Reiter zu sitzen. Sie kamen näher. Auch ein Hund war dabei, er lief der Truppe voraus und gab die Richtung vor. Genau wie ich vorher liefen sie im Zickzack den Hügel hinab, um Felsen und Gestrüpp auszuweichen. Bald würden sie mich erreicht haben. Aber so leicht sollten sie mich nicht erwischen. Ich schätzte die Reichweite der Flinte auf höchsten 150 Yards ein. Aber treffsicher war sie bestimmt erst ab 100 Yards. Zudem war das Zittern nicht gerade von Vorteil. Der Hund bellte und blieb stehen. Er hatte mich bereits gewittert, obwohl ich bestimmt noch eine viertel Meile entfernt war. Der gesamte Trupp hielt an. Es waren tatsächlich fünf. Nun gut. Sollten sie mich jagen. Um den Berg heraufzukommen, mussten sie genau wie ich klettern. Das gab mir genügend Zeit, mindestens einen oder zwei von ihnen zu erledigen. Ich legte die Papierpatronen bereit, um schnell nachladen zu können.

Es dauerte etwas, denn sie schienen sich zu beraten. Dann sah ich, dass sie sich aufteilten.

Die Schlacht von Dunloe

»Gentlemen, der Hund hat ihn aufgespürt. Leider sitzt er oben auf dem Berg. Wir können ihn nicht direkt attackieren, da er den Vorteil einer gute Schussposition von oben hat. Ich schlage vor, uns aufzuteilen und ihn zu umgehen. Der Hund wird ihn von vorne angreifen. Ich werde beim Hund bleiben. Sie, Collins gehen nach rechts und nehmen Fowler mit. Jenkins, Sie und der Doktor gehen nach links und umgehen ihn.«

»Sir, ich gebe zu bedenken, dass es gleich dunkel wird. Wir sollten besser die Nacht abwarten. Das Risiko, sich im Dunkeln wegen dieses unwegsamen Geländes zu verletzten, ist hoch!«, meinte Collins.

»Wenn der Mann wieder entkommt, kann es sein, dass wir ihn einen weiteren Tag verfolgen müssen. Nein, heute und hier stellen wir ihn. Er hat keine Chance zu entkommen!«, sagte Sir William bestimmend.

Der Doktor schüttelte ebenfalls den Kopf.

»Eine Verletzung könnte unsere Jagd vorzeitig beenden und ihn entkommen lassen. Ich gebe auch zu bedenken, dass der Mann alkoholkrank ist und seine Kräfte begrenzt. Womöglich liegt er morgen früh als wehrloses Wrack zwischen den Felsen.«

»Gentlemen, ich habe Ihre Einwände gehört und abgewägt. Mein Entschluss steht aber fest. Wir stürmen den Hügel von drei Seiten. Ich denke, ich bin nicht mit feigen Muttersöhnchen unterwegs!«, sagte der High Sheriff nun äußerst streng, »Jedem, der sich meinen Anordnungen widersetzt, droht härteste Konsequenz!«

»Sir, ich bin Zivilist!«, meldete sich nun Doktor Goodwin, »Ich protestiere entschieden gegen diese Vergewaltigung!«

Fowler kicherte.

»Jenkins, notieren Sie den Protest des Doktors«, sagte Godfrey gelassen zum Helfer des Sheriffs. »Und dann gehen Sie mit ihm auf die linke Seite.«

Plötzlich schlug der Hund an.

»Cerberus! Aus! Er hat sich bewegt. Sehr gut. Es scheint, als würde er uns erwarten.«

Jenkins gab dem Arzt eine Pistole aus der Satteltasche und prüfte seine eigene. Dann ging er mit dem etwas dicklichen, älteren Herren los.

»Ein Bild für Götter«, grinste Fowler. »Eine schwarze Bohnenstange und ein bunter Klops. Die linke Flanke der unserer Streitmacht!« Damit sprach er die dünne Gestalt Jenkins' und den etwas übertrieben farbprächtigen Gehrock des Doktors an.

Godfrey lachte.

»Nun gut, meine Herren. Die beiden haben den langen Weg, ich denke nicht, dass sie in Gefahr sind. Gehen Sie nun rechts herum hoch. Ich lasse den Hund Laut geben, wenn Sie zuschlagen sollen. Und riskieren Sie nichts. Erledigen Sie ihn notfalls gleich. Heute Abend werden wir nach geglückter Jagd die beiden Enten von heute morgen am Lagerfeuer braten.«

Collins widersprach nicht mehr. Wenigstens waren der Doktor und Jenkins nicht in unmittelbarer Gefahr. Sie machten sich auf und schlichen in einem großen Bogen nach rechts hoch auf den Berg.

Der High Sheriff wartete etwas ab und ging denn den direkten Weg hinauf zum vermuteten Ziel. Noch war es hell genug, um sich auf dem steinigen und felsigen Steilhang zurechtzufinden. Doch schon bald konnten Jenkins und der Doktor nicht mehr weiter. Zu steil ragten die Felsen vor ihnen auf. Von unten hatte das gar nicht so ausgesehen. Sie mussten nach rechts ausweichen und am unteren Rand der Felsen entlang gehen. Das brachte sie nahe an den Flüchtigen heran. Godfrey, der das von unten sah, fluchte. Womöglich kamen die beiden so sehr bald in das Schussfeld O'Sullivans.

Er gab seinem Hund Kommando und ging los. Dann hieß er ihn, einmal zu bellen. Das schreckte Ian auf und er legte seine Flinte an. Es fiel ihm schwer, den Mann ins Visier zu nehmen, denn er war viel zu weit entfernt. Schließlich drückte er trotzdem ab. Der Knall und der Mündungsblitz verrieten sofort den genauen Standort des Schützen. Ein Jaulen verriet aber auch gleich, wen er erwischt hatte. Der Hund war tödlich getroffen. Ungläubig stand Godfrey daneben. Er riss seine Pistole aus der Koppel und schoss in Richtung des abziehenden Pulverdampfs. Aber dieser war zu weit entfernt, als dass die Kugel ihr Ziel hätte finden können. Ian hatte den Hund aus über 200 Yards Entfernung getroffen. Die Kugel hatte den Hund nicht sofort getötet, dazu war der Schuss einfach zu weit. Aber das Tier war unterhalb des Kopfes so schwer verwundet, dass es unmöglich überleben konnte.

Der Knall hatte die anderen aufgeschreckt. Der Flüchtige würde also ohne Vorwarnung auf sie schießen und war, wenn er den Hund hatte treffen wollen, ein verdammt guter Schütze.

1770

Ich hatte tatsächlich den Hund getroffen. Eigentlich hatte ich auf den Mann gezielt. Aber der Zufall hatte die Kugel aus meiner Muskete auf den Hund gelenkt. Der Mann hatte sofort darauf auf mich mit seiner Pistole geschossen, aber die Kugel kam nicht einmal annähernd zu mir. Ich riss mit den Zähnen das Papier der nächsten Patrone auf, füllte etwas Pulver in die Zündpfanne und schüttete das restliche Pulver in den Lauf. Dann drückte ich die Kugel mitsamt dem Papier in den Lauf und stopfte sie mit dem Ladestock fest. Das Ganze dauerte bei mir nicht einmal eine halbe Minute. Die Angreifer schrien inzwischen hin und her, scheinbar hatten sich zwei von ihnen zu meiner Rechten verstiegen und kamen nicht recht voran. So waren es die beiden zu meiner Linken, die mir nun gefährlich nahe kamen. Der jahrelange militärische Drill half mir aber, trotz des Zitterns ruhig zu bleiben und nachzuladen. Im Beutel waren noch acht weitere Patronen.

Ich würde meine Haut teuer verkaufen. Ich spähte aus meinem Versteck und sah, dass der Mann in der Mitte bei seinem sterbenden Hund geblieben war. Ich drehte mich nach links. Die beiden anderen bewegten sich weiter auf mich zu. Ich visierte einen an und schoss. Wieder fand die Kugel ihr Ziel, denn ein Schmerzensschrei folgte dem Knall meiner Muskete. Sofort begann ich erneut, das Gewehr nachzuladen. Doch gerade, als ich den eisernen Ladestock in den Lauf rammte, war der zweite Angreifer über mir. Er zielte mit einer Pistole auf mich. Ich riss das Gewehr herum und drückte ab. Wieder knallte es ohrenbetäubend. Der Ladestock durchbohrte den Mann und flog hinter ihm durch die Luft. Die darauffolgende Kugel hinterließ ein hässliches Loch in seiner Brust. Er stöhnte auf und fiel hintenüber den Hang hinab. Ich rutschte zurück in meine Deckung. Das Zittern war nun furchtbar. Trotzdem packte ich die nächste Patrone und biss sie mit den Zähnen auf. In der Dämmerung erkannte ich auf dem Schloss der Waffe die eingeprägte Jahreszahl der Herstellung.

1770.

Was war das? Wie konnte das sein? Das Gewehr war gepflegt, aber nicht nagelneu. Ich verschüttete das Pulver. Ich konnte das Zittern nicht mehr beherrschen. Meine Gedanken begannen zu rasen.

Revanche

Die beiden Kletterer, Jenkins und Doktor Goodwin mussten wieder zurück zu ihrem Ausgangspunkt. Goodwin schimpfte und fluchte, während er vor Anstrengung um Luft japste. Es war nun beinahe dunkel.

»Wenn es finster ist, hole ich mir den Bastard!«, sagte Sir William wütend, der seinen toten Hund zurück zu den Pferden getragen hatte.

»Sir, was ist mit den anderen? Wer wurde getroffen?, fragte Jenkins, der sich Sorgen um Collins machte. In der Dämmerung und von seiner Warte aus hatte er nicht erkannt, wer von den beiden getroffen worden war.

»Er hat beide erwischt. Verdammt guter Schütze und Soldat. Läd schneller nach als die Royal Bonnets.«

»Sind beide tot?«, fragte Jenkins entsetzt.

»Fowler wurde tödlich getroffen, das habe ich gesehen. Er liegt etwas unterhalb der Stellung O'Sullivans. Aber wo der Sheriff ist, kann ich nicht sagen. Er hat aber bestimmt auch was abgekriegt«, sagte der Adelige.

In diesem Moment kam Collins mit dem linken Arm in einer Tuchschlinge durch die Dunkelheit gestolpert.

»Sheriff! Was ist passiert? Warum haben Sie Fowler nicht geholfen?«, blaffte ihn Sir William an.

»Ich wurde getroffen, Sir. Fowler wollte die Ladezeit nutzen, um O'Sullivan zu überraschen. Es wäre ihm auch fast gelungen. O'Sullivan muss ein sehr gutes Training beim Militär genossen haben, nur wenige Schützen laden ihr Gewehr innerhalb einer halben Minute zweimal nach!«

»Verdammt! Fowler war ein guter Mann«, gab der High Sheriff zurück.

Goodwin nahm Collins zur Seite. »Lassen Sie mich sehen. Steckt die Kugel noch?«

»Nein, sie hat ein Stück meines Oberarmes weg gefetzt. Der Arm ist unbrauchbar. Ich habe die Wunde abgebunden.«

»Das muss ich sofort nähen und die Abbindung lösen, sonst verlieren Sie den Arm, Collins. Jenkins! Ich brauche Licht. Haben Sie Laternen dabei?«

»Nein, Sir. Aber wir haben ein paar Fackeln.«

Er ging zu den Pferden und zog die Ausrüstung herunter. Eine Decke, den Korb mit Essen und einen Beutel mit anderen Gegenständen. Dabei waren auch mehrere Wachsfackeln. Dazu eine Flasche Wasser und eine weitere mit Brandy. Jenkins machte sich daran, die Fackeln zu entzünden.

»Sind Sie wahnsinnig, Jenkins?«, brüllte ihn Sir William an. »Wollen Sie uns zur Zielscheibe machen? Lassen Sie das mit dem Feuer! Dieser Schütze ist in der Lage uns alle zu erledigen!«

»Und doch muss ich operieren. Wir werden dabei in Deckung bleiben. Mir genügen zwei Fackeln. Ich schlage vor, Sie gehen mit den anderen nach links und rechts, um den Flüchtigen zu verwirren«, sagte Goodwin ruhig.

»Haben Sie jetzt das Kommando, Goodwin? Ich muss Ihnen wohl nicht sagen, dass ich der High Sheriff of Kerry bin!«

»Dennoch hat Ihr Kommando schon ein Menschenleben und das Ihres Hundes gekostet. Ich will nur verhindern, dass es auch noch das Leben von Mr. Collins fordert«, antwortete der Mediziner gelassen.

»Verdammt, Doktor. Der Teufel soll Sie holen!«

»Ach was. Wir müssen doch nur abwarten. Der Mann ist hochgradig alkoholabhängig. Er wird bald nichts mehr tun können.«

»Woher wollen Sie das wissen, Sir? Und warum haben Sie das nicht gleich gesagt? Dann würde Cerberus noch leben!«

»Ich habe von Anfang an zu Ruhe gemahnt, Sir William. Abwarten wäre die richtige Devise gewesen. Selbst wenn O'Sullivan noch Whiskey oder einen anderen Fusel bei sich gehabt hätte, er hätte ihn sich niemals einteilen können, um so seine Beschwerden in Schach zu halten. Ein Säufer säuft, Sir. Er kann nicht Maß halten. Das ist wissenschaftlich bewiesen!«

Sir William Godfrey war beleidigt. Natürlich war es seine alleinige Schuld. Er hatte das Kommando. Dennoch passte es ihm nicht, von einem Zivilisten vorgeführt zu werden. Goodwin grinste triumphierend.

»Machen Sie doch, was Sie wollen!«, sagte Godfrey mürrisch. Er nahm seinen Hund und trug ihn in die Nacht. Etwas abseits begann er, ihn zu begraben.

»Und was machen wir jetzt, Sir?«, fragte Jenkins seinen Chef.

»Jetzt? Geben Sie mir den Brandy. Und dann fragen Sie dem Doktor. Ich glaube, er wird Ihre Hilfe gut gebrauchen können.«

»Sie halten den Sheriff fest. Haben Sie ein Stück Holz, auf das er beißen kann? Es wird sehr schmerzhaft sein, Sir. Ich entschuldige mich schon mal im Voraus für die Unannehmlichkeiten«, sagte der Doktor mit einem Grinsen. »Aber Sie haben Glück. Immerhin ist diese erste Behandlung wie versprochen kostenfrei.«

So flickte der Doktor im Fackelschein den Arm von Collins wieder zusammen. Dieser leerte die halbe Flasche Brandy und fiel dann in einen unruhigen Schlaf.

»Ich will die Sache heute Nacht zu Ende bringen, Gentlemen«, sagte der High Sheriff viel später, als alle an einem kleinen Feuer saßen und eine der Enten brieten.

»Sir, und wie stellen Sie sich das vor? Wir müssten ihn überraschen. Ein loser Stein oder das Knacken eines Astes und er ist gewarnt«, gab Goodwin zu bedenken.

»In der Dunkelheit kann der beste Schütze nicht treffen. Bei allem Respekt, Doktor. Wenn der Mann morgen früh wieder gute Sicht hat, steigt die Gefahr. Und von seiner Position aus kann er uns hervorragend unter Beschuss nehmen. Ob nun mit oder ohne Schnaps, der Mann wird schießen, solange er Munition hat. Was denken Sie, Jenkins? Wie viele Schuss hat er erbeutet?«

Jenkins dachte nach.

»Ich schätze, 10 bis 12 Patronen. Mehr hatten wir nicht vorrätig.

»Bisher hat er drei mal geschossen und jedes mal

getroffen. Wir haben vier Pistolen und drei Jagdgewehre. Warum haben wir ihn nicht einfach nur unter Beschuss genommen?«, schimpfte Sir William.

»Weil wir seine Position nicht genau kannten und nicht wissen konnten, dass er ein Scharfschütze war. Und dass dieser verrückte Ire zu Allem bereit ist«, sagte Collins, der gerade erwacht war.

»Dann hat er auf jeden Fall noch mindestens sieben Schuss. Das ist viel, wenn man seine Treffsicherheit und Ladekadenz bedenkt. Er wird aber bei Dunkelheit länger brauchen, um nachzuladen«, sagte der High Sheriff.

»Und er kann nicht genau zielen. Wenn ich es recht bedenke, hat er keine Chance, wenn wir uns anschleichen. Wir müssten nur nahe genug an ihn herankommen. Auf ein Knacken eines Astes oder das Prasseln von ein paar Steinchen kann er nicht zielen. Ich würde vorschlagen, wir werfen mit Steinen in seine Richtung und sehen, was passiert. Auch mit den Fackeln könnten wir ihn verwirren.«, meinte Jenkins.

»Sie gefallen mir immer besser, Jenkins. Ich hätte Verwendung für einen Mann wie Sie. Nächstes Jahr, wenn mein Amt wieder endet, werde ich einen Sitz im Parlament anstreben. Dann benötige ich einen Mann mit scharfem Verstand. Eine angemessene Stellung wäre Ihnen gewiss!«

»Zu viel der Ehre, Mylord. Aber ich bin mit meiner Stellung sehr zufrieden. Und ich möchte Sheriff Collins nicht im Stich lassen.«, gab Jenkins zurück. Er dachte dabei auch an Fowler, der tot im Hang lag und um den sich der Adelige weniger geschert hatte, als um seinen Hund.

Collins nickte ihm zu. Es freute ihn, dass der junge Mann zu ihm hielt.

»Loyalität! Eine große Tugend, in der Tat. Aber ich glaube, es sind wohl eher die schönen Augen von Miss Collins, die Sie vermissen würden! Ich sage Ihnen, eine gehobene Stellung wäre ein gewichtiges Argument, einen potenziellen Schwiegervater zu erweichen, nicht wahr, Mr. Collins? Sie werden doch bemerkt haben, dass die beiden eindeutige Blicke tauschten?«, sagte der High Sheriff grinsend.

»Bei allem Respekt, Sir!«, protestierte Jenkins.

»Lassen Sie, Jenkins«, sagte nun Collins mit einiger Anstrengung, »Wenn sie Sie liebt, werde ich keine Einwände haben. Sie wird sowieso tun, was sie für richtig hält. Ich werde ihrem Herzen keine Befehle erteilen.«

»Grandios, nicht wahr, Doktor?«, sagte Sir William und stieß Goodwin in die Seite:

»Eine Liebesgeschichte epischen Ausmaßes. Große

Worte hier und da. Wenn ich Schriftsteller wäre, würde ich mit so einer Geschichte reich. Die Damenwelt läge mir zu Füßen!«

Nun lachten beide, Doktor Goodwin und der High Sheriff.

»Haben Sie sich nun genug über uns lustig gemacht, Sir? Noch ein Wort und ich verlange Satisfaktion!«, sagte Collins nun laut.

»Das wird ja immer besser!«, gab Sir William amüsiert zurück. »Nein, mein Lieber, mit einem Verwundeten gehe ich nicht ins Duell. Aber lassen Sie es gut sein. Nehmen Sie meine Entschuldigung an. Junge Liebe ist doch etwas Wunderbares. Und ich kann Sie sehr gut verstehen, Jenkins. Miss Emily ist wirklich außergewöhnlich bezaubernd.«

»Ja, das ist sie«, fügte nun auch der Doktor hinzu. »Sie erinnert mich am meine Jugendliebe. Leider war uns das Glück der Ehe nicht vergönnt.«

»Das ist ja interessant. Erzählen Sie mehr, Goodwin. Nehmen Sie noch einen Brandy und erzählen Sie uns mehr!«, drängte Sir William. Jenkins zog die Augenbrauen hoch. Es wurde jetzt in der Tat sehr interessant.

»Nun, das alles ist schon sehr lange her. Ich war damals neu in der Gegend und lernte da dieses Mädchen bei einem medizinischen Notfall kennen. Es war in einem kleinen Dorf, ganz in der Nähe. Sie war bildschön und wild. Es war – magisch.«

»Hoho, der Doktor! Erzählen Sie weiter!« Der High Sheriff hatte fast vergessen, dass er angreifen wollte.

«Wollten Sie nicht umgehend O'Sullivans Stellung stürmen, Sir?«, versuchte Goodwin abzulenken.

»Erzählen Sie erst von dem Mädchen. Wie hieß sie?«

»Habe ich vergessen. Es ist zu lange her.«

»Hieß sie nicht Maureen? Maureen O'Sullivan, Doktor?«, sagte Jenkins nun langsam aber laut.

»Was?«, brauste der Doktor auf: »Woher...? Sind Sie verrückt?«

»Jenkins! Was soll das? Was werfen Sie dem Doktor da vor?«, mischte sich Collins ein.

»Nun Gentlemen, ich habe heute morgen einiges herausgefunden. Zunächst den Geburtsort, beziehungsweise den Taufort von Ian O'Sullivan. Allerdings wurde der Name des Vaters aus den Büchern getilgt. Die Mutter war eine gewisse Maureen O'Sullivan. Das Kind Ian wurde getauft, es wurde auch ein drei Jahre älterer Bruder erwähnt. Beide Kinder stammen vermutlich vom gleichen Vater, der die Mutter bis zu ihrem Tod 1756 unterstützte. Sein Vater sei Arzt gewesen, hat O'Sullivan zu Protokoll gegeben, wenn er kam, hatten die Jungs immer die Kammer verlassen müssen. Der Vater hielt sich Maureen weiter als Mätresse. Als sie starb, verloren auch die Kinder die Unterstützung.«

»Das ist eine haltlose Unterstellung! Was beweist, dass ich dieser Vater sein soll?, fragte Goodwin nun süffisant.

»Damals wie heute gibt es in der gesamten Gegend um Killarney nur einen Arzt«, sagte Jenkins nun trocken.

Goodwin war baff. Er war tatsächlich sprachlos.

»Das, das ist eine ... Unverschämtheit. Ich verlange Genugtuung!«

»Ha! Und ich würde sagen, Sie sind überführt, Goodwin. Jenkins! Ich verdopple mein Angebot. Sie sind brillant!«, rief der High Sheriff.

Adam Collins sagte nichts. Er bedachte Jenkins nur mit einem Blick, den man am Ehesten als tödlich bezeichnen würde. Er hielt nur seinen Becher hin und bat um etwas mehr Brandy gegen die Schmerzen.

»Nun, das bringt mich auf eine neue Idee, meine Herren«, sagte Sir William. »Doktor, Sie gehen als Parlamentär morgen früh zu Ihrem Sohn und geben ihm den restlichen Brandy, wenn er sich ergibt. Ich würde ihm einen fairen Prozess versprechen. Eine saubere und schmerzfreie Hinrichtung inklusive.«

»Ich protestiere! Er wird mich erschießen. Das ist ein Himmelfahrtskommando!«

»Ach was. Sagten Sie nicht selbst, er wäre so alkoholkrank, dass er bald nicht mehr in der Lage ist zu kämpfen? Darum warten wir ja bis morgen ab.«

In diesem Moment sprang ein platzendes Glutstück aus dem Feuer direkt in das Auge von Sir William.

»Verdammt, mein Auge! Ich bin geblendet! Doktor, tun Sie gefälligst etwas!«, schrie er vor Schmerzen.

»Das war vermutlich ein Harznest. So etwas passiert manchmal. So ein dummer Zufall. Lassen Sie sehen. Jenkins, die Fackel! Ich brauche mehr Licht!«

Goodwin untersuchte den High Sheriff. Nach kurzer Zeit stand seine Diagnose fest.

»Sie haben Glück, das Auge scheint nicht zerstört. Aber ich mache Ihnen eine Tinktur mit Arnika. Sie sollten das Auge in paar Tage bedeckt halten und ruhig stellen. Es wird einige Zeit schmerzen.«

Der Arzt hantierte in seinem Koffer und zog eine schwarze Binde heraus, die er mit einer Flüssigkeit aus einem kleinen Fläschchen tränkte. Dann band er sie über das linke Auge des Adeligen.

Der Morgen bring das Licht

Benjamin Jenkins schreckte auf. Er war eingenickt, obwohl er Wache hätte halten sollen. Schnell schlug er die feuchte Decke bei Seite und sprang aus seiner Sitzhaltung auf. Dann rüttelte er die anderen wach.

»Guten Morgen, Sir. Was macht die Wunde?«, fragte er Collins.

»Sie brennt wie Feuer. Aber sie scheint nicht mehr zu bluten. Der Doktor ist wirklich ein guter Feldscher. So einen hätten wir im Krieg gebraucht.«

»Kann ich noch etwas für Sie tun, Sir?«

»Geben Sie sich keine Mühe, Jenkins. Sie haben mich ziemlich hintergangen. Wollen wohl unbedingt Karriere machen?«

»Oh nein, Sir. Sie verstehen das falsch. Aber es gab vorher keine Gelegenheit Sie einzuweihen. Und die Situation gestern Abend...«

»Lassen Sie es gut sein und wecken Sie die anderen.«, sagte Collins matt. Jenkins ging zum High Sheriff.

»Sir William? Es wird Zeit, es ist bereits hell. Von O'Sullivan kein Anzeichen. Er muss immer noch hinter dem Felsen sitzen.«

»Gut. Sind die anderen wach? Verdammt, meine Auge brennt wie Feuer!«

»Nur der Sheriff, Sir. Goodwin schläft noch wie ein Murmeltier.«

»Unglaublich, der Mann! Nun gut. Aber ausser einem Verstoß gegen Sitte und Anstand wird man ihm nichts nachweisen können. Interessant wäre, ob seine Frau Bescheid weiß. Ich denke aber schon«, meinte der High Sheriff.

»Ich wecke ihn«, sagte Jenkins.

Doktor Goodwin brauchte lange, bis er auf den Beinen war. Da er Alkohol nicht gewöhnt war, war er von dem Brandy ziemlich verkatert. Er hatte Kopfschmerzen und fühlte sich so gar nicht im der Lage als Unterhändler O'Sullivan gegenüberzutreten.

»Das ist mir zu viel! Schicken Sie den Jungen. Schließlich hat er eine große Klappe. Soll er doch O'Sullivan überreden, aufzugeben.«

»Oh nein, mein Lieber! Auf keinen Fall. Sie werden

gehen. Haben Sie ein weißes Tuch oder dergleichen? Als Soldat wird O'Sullivan die Geste der weißen Fahne erkennen und nicht schießen«, sagte Sir William.

»Sie vergessen, dass er krank ist. Er ist in die Enge getrieben. Womöglich ist er zu allem fähig«, versuchte sich Goodwin herauszureden.

»Verdammt, Doktor! Seien Sie kein Feigling. Der Mann ist Ihr Sohn. Machen Sie einmal etwas richtig!«, mischte sich Collins ein.

Murrend ging Goodwin zu seinem Koffer und zog ein weißes Leinentuch hervor, dass er normalerweise für Verbände benutzte.

»Nur unter Protest. Collins, wenn ich getötet werde, sagen Sie Mrs. Goodwin einen letzten Gruß von mir.«

»Na, na. Nicht so theatralisch, Doktor«, sagte Sir William, »So schlimm wird es schon nicht werden. Wir sind hinter Ihnen und geben Feuerschutz mit unseren Jagdflinten. Und nun gehen Sie los, ich möchte zum Lunch zurück sein.«

Goodwin band das Tuch an einen Stock und schwenkte probehalber seine weiße Flagge. Dann ging er los. Als er ein ganzes Stück entfernt war, blieb er stehen und füllte ein Pulver in den Brandy. Dies tat er möglichst unauffällig vor seinem Bauch, damit es die anderen nicht mitbekamen.

»Was ist los, Doktor, warum gehen Sie nicht weiter?«, rief Sir William.

Aber der Doktor tat so, als habe er seine Hose richten müssen, winkte kurz und ging dann weiter.

»Ian!«, rief er laut. Ich bin es, Doktor Alfred Goodwin, ich bin unbewaffnet und komme zu Ihnen hoch, um mit Ihnen zu reden. Erinnern Sie sich? Ich war vorgestern im Gefängnis und habe Ihnen geholfen, Ian!«

Keine Reaktion. Er war noch zu weit entfernt. Unsicher drehte sich Goodwin um und schaute fragend den High Sheriff an. Dieser hieß ihn mit einer winkenden Geste weiterzugehen. Goodwin musste nun etwas klettern, um nun näher zu kommen. Er hatte die Stelle erreicht, wo Cerberus tödlich getroffen worden war. An den Steinen und Felsen klebte sein Blut. Etwas weiter rief er O'Sullivan erneut an. Diesmal kam eine Antwort.

»Verschwinden Sie, Doktor! Ich will Sie nicht töten!« Die Stimme O'Sullivans überschlug sich fast. Sie klang wirr und verzweifelt.

»Ian, bitte lassen Sie mich zu Ihnen. Ich habe etwas Brandy für Sie, der wird Ihre Schmerzen lindern. Und ich habe ein Angebot vom Sheriff. Aber zunächst lassen Sie mich zu Ihnen kommen und nach Ihnen sehen!«

»Also gut, Doc. Ich brauche tatsächlich etwas gegen die Schmerzen. Aber seien Sie gewarnt! Ich schieße gut!«, sagte O'Sullivan angestrengt.

»Natürlich, Ian, das wissen wir. Und ich verstehe, dass Sie ihr Leben verteidigen wollen. Aber ein Toter ist genug. Kann ich zu Ihnen? Ich habe nur die weiße Fahne und den Brandy bei mir.«

Goodwin stieg weiter und kam zu der Leiche Fowlers. Er besah sie kurz. Kein Zweifel, der Mann musste sofort tot gewesen sein. Dann rief er O'Sullivan wieder an.

»Ich komme jetzt zu Ihnen! Bitte nicht schießen!«

Der Arzt stieg über die Deckung des Schützen hinweg und sah, dass Ian in einer Art Kuhle lag. Er war blass und sah sehr schlecht aus. Seine Hände waren schwarz vom Schießpulver und er hatte das Gewehr über die Oberschenkel gelegt. Neben ihm im Moos lagen die Patronen, die aus einer Munitionstasche daneben herausgefallen waren, sie waren allesamt durchnässt. O'Sullivan war wehrlos.

»Warum haben Sie das gemacht? Ich hatte Ihnen doch versprochen, dass Sie Geld bekommen würden. Sicher hätte man Sie nur deportiert.«

»Gib' Dir keine Mühe«, stammelte Ian, »Ich habe Dich erkannt. Zugegeben, Du warst damals wesentlich attraktiver, als Du Mutter besucht hast, Doc. Oder soll ich Vater sagen?«

»Ian, ich…« der Doktor wußte zunächst nicht, was er sagen sollte. Dann wollte er sich doch erklären.

»Ich habe meine jetzige Frau kennengelernt und konnte ihr nicht von Molly erzählen, das musst Du verstehen. Sie wollte mich nicht mehr sehen. Als ich Mrs. Goodwin schließlich heiratete, drehte sie durch. Was hätte ich tun können? Ich habe sie trotzdem weiter unterstützt, bis zu ihrem Tod. Ich war es auch, der die Papiere besorgt hatte, die Euch als Engländer auswiesen. Dann wart Ihr aber beide plötzlich fort. Ich habe Euch gesucht, wirklich! Aber nur von Brodie habe ich viel später gehört, dass er in Indien am Fieber gestorben ist.«

»Du hast sie immer Molly genannt, nie Maureen. Warum eigentlich?«

Goodwin zuckte nur mit den Schultern.

»Egal. Hast Du den Brandy?«, sagte der Ire kraftlos.

»Hier. Trink. Das wird Deine Schmerzen lindern«, sagte Goodwin, wohl wissend, dass der tödliche Zusatz innerhalb von Minuten wirken würde.

Ian nahm die Flasche mit zitternden Händen trank den Brandwein wie ein Verdurstender. Er leerte sie in einem Zug. Dann senkte er den Kopf und begann leise zu singen. Es war die letzte Strophe einer alten irischen Wiese:

»Manch einer liebt das Fischen,
Manch einer das Jagen,
manche lieben Krieg, den Donner der Kanonen,
Ich mag den Saft der Gerste,
und schlaf' gerne in Mollys Kammer,
doch nun bin ich im Gefängnis,
was ist das für ein Jammer...

»Was für eine nette Familienzusammenkunft!«, rief der High Sheriff Sir William Godfrey, der nun über die Felsen stieg und mit seiner Pistole auf Ian zielte.

»Los, leg' das Gewehr weg, Ire. Du hast Cerberus auf dem Gewissen. Und Fowler. Dafür wirst Du bezahlen!«

»Sir. Er ist wehrlos. Er wird mit uns gehen. Sie haben einen fairen Prozess versprochen!«

»Nun, zunächst will ich den Fall abschließen. Woher ist das Geld?«

Ian sah nicht einmal auf. Er saß nur zitternd da und starrte vor sich hin.

»Dieser aufgeblasene Fatzke im Hafen. Ich sollte sein Gepäck schleppen, für ein paar Pennies. Ich hab ihm sein Geld abgenommen und ihn in den Hafen geworfen«, sagte er langsam.

»Cormick also. Gut dann packen Sie ihn und bringen Sie ihn hinunter. Wo bleibt denn Jenkins?«

»Sir, ich bin hier! Oh, mein Gott!«

Er hatte die Leiche von Fowler erreicht.

»Kommen Sie schon, Benjamin! Haben Sie noch nie einen Toten gesehen? Nehmen Sie ihm das Gewehr ab!«

Jenkins kletterte über die Kante. Dann rutschte er vorsichtig zu O'Sullivan in die Kuhle.

In diesem Moment hob Ian den Kopf und sah Godfrey an. Wegen der Augenbinde hielt er ihn für Captain Farrel.

»Farrel! Also doch! Na warte! Dir werd' ich es zeigen!«, rief er. Er stieß Jenkins zur Seite und riss die Muskete hoch. Doch Godfrey schoss ihm sofort in die Brust. Ian wurde von der Wucht des Aufpralls zurückgeschleudert. Godfrey zog seine zweite Pistole, ging einen Schritt auf den Iren zu und schoss dem ihm aus nächster Nähe direkt in den Kopf. Jenkins, der unmitttelbar neben Ian war, wurde mit Blut bespritzt. Er rappelte sich angeekelt auf.

»Verdammtes Schwein! Das war für Cerberus!«, rief der High Sheriff.

Mit blankem Entsetzen standen der Doktor und Jenkins daneben.

»Nein! Nicht in den Kopf!«, rief Goodwin, »Sie haben sein Gehirn zerstört! Er hatte es der Wissenschaft vermacht!«

Godfrey und Jenkins starrten ihn an.

»Was? Sie haben mit Ihrem eigenen Sohn einen Vertrag über seinen Körper gemacht? Was sind Sie für ein Mensch?«, fragte nun Jenkins.

»Ich bin ein Mann der Wissenschaft! Und er war unrettbar verloren. Ich wollte, dass ein Teil von ihm erhalten bleibt, so wie bei seiner Mutter.«

Jenkins erinnerte sich an das große Gehirnpräparat in Goodwins Labor.

»Molly«, war auf dem Etikett gestanden.

Glossar

»Whiskey in the jar«

Ist ein irisches Volkslied, es stammt vermutlich aus dem 17. oder 18. Jahrhundert. Der Autor ist unbekannt. Daher ist es public domain. Vermutlich handelt es sich um die Erzählung über einen irischen oder schottischen Volkshelden, der die Reichen bestiehlt, ähnlich wie Rob Roy oder Robin Hood. Dieses Motiv findet sich immer wieder auf den britischen Inseln. Am Ende entkommt der Held, aber seine weitere Geschichte bleibt unklar. Das Lied wurde von vielen Interpreten gespielt und gesungen, zum Beispiel von Folkbands wie den Dubliners. Zuletzt gehörten Bands wie Thin Lizzy und Metallica zu den erfolgreichsten von ihnen. Aber auch jeder Musiker, der mit Irish Folk irgendwie in Berührung gekommen ist, kennt dieses Stück. Es handelt von einem kleinen Gangster, einem Desperado, der in den Bergen zwischen Cork und Kerry einen gewissen Captain Farrel oder Ferrel überfällt und ihm sein Geld abnimmt. Mit diesem geht er zu seiner Geliebten und feiert mit ihr, sie aber manipuliert in der Nacht die Pistole des Räubers, indem sie Wasser in die Läufe füllt. Sie holt diesen besagten Captain und der kommt mit seinen Männern und überwältigt ihn. Er wird der Gerichtsbarkeit überstellt und muss mit dem Galgen, wörtlich im Lied mit dem »Schlächter«, rechnen. Er sitzt im Gefängnis mit einer Kugel an Ketten und denkt über seine Tat nach.

In anderen Versionen schlägt er dann den Wärter nieder, entkommt und macht sich auf die Suche nach seinem Bruder.

Im letzten Vers verweist der Täter auf die Leidenschaften anderer Männer, wie Fischen, Jagen oder den Krieg, beziehungsweise auf das Fahren schneller Kutschen. Seine Leidenschaft gelte eben dem Trinken und den schönen Frauen.

Auf ein Abdrucken des Liedtextes musste leider aus rechtlichen Gründen verzichtet werden.

Danke an den unbekannten Dichter und Komponisten des Liedes »Whiskey in the jar« und an die Interpreten Dubliners, Thin Lizzy, Metallica, uvm.

Begriffe aus dem Text

Bess Brown:

Die volkstümliche Bezeichung des englischen Steinschloss-Infanteriegewehres, der »Long Pattern Musket«, einer in großen Mengen produzierte Muskete. Ab 1722 bis zum Ende der Napoleonischen Kriege war es die Standartwaffe des britischen Heeres und der Seestreitkräfte. Kaliber 17,5mm.

Cerberus:

auch Zerberus – »Dämon der Grube«, ist in der griechischen Mythologie ein zumeist mehrköpfiger Hund, der den Eingang zur Unterwelt bewacht, damit kein Lebender eindringt und kein Toter herauskommt.

Entenhund:

Diese Bezeichnung deutet in der Geschichte auf die Verwendung des Hundes von Sir William hin, seine Passion war die Entenjagd. Zu jener Zeit züchteten die Landadeligen Hunde nach dem gewünschten Verwendungszweck. Sein Hund müsste ein »English Pointer« gewesen sein, eine äusserst gut zu erziehende Rasse, ein hervorragender Jagdhund. Die Ursprünge der Rasse sind in Frankreich zu finden.

High Sheriff:

Dies war der Repräsentant der Gerichtsbarkeit in einem englischen, bzw.. britischen County. Von 1565 bis 1922 waren auch in Irland diese Männer eingesetzt. Jeweils für ein Jahr im Amt hatten sie gesetzliche, zeremonische, und administrive Aufgaben. Das Amt galt auch als Steigbügel für eine weitere politische Laufbahn, war den Adeligen vorbehalten und führte eigentlich direkt zu einem Sitz im Oberhaus des Parlamentes. Man könnte auch sagen, dass dieses Amt ein wichtiges Rädchen im Getriebe der feudalistisch, pseudodemokratischen britisch-imperialistischen Weltherrschaft war. Normalerweise war es kein »Sir« oder gar Lord, der dieses Amt inne hatte, sonder eher ein Sproß adeliger Familien, der erst in seiner späteren Laufbahn zum

Ritter und damit zum »Sir« erhoben wurde.

Jack 0'Lantern - Licht:

Der Irische Vorläufer der Halloweenkürbise. Der Legende nach soll ein geiziger und trunksüchtiger Schmied namens Jack den Teufel betrogen haben, um nicht in die Hölle zu müssen. Da er aber auch nicht in den Himmel durfte, bekam er nach seinem Tod ein Stück glühende Kohle vom Höllenfeuer, das er in eine Rübe steckte. So muss er für alle Zeit zwischen der Welt der Lebenden und der Toten wandern.

Percheron:

Französische Kaltblut - Pferderasse, ein schweres Zug- und Arbeitspferd. Die meisten Percherons sind echte Schimmel.

Pfund - Guinee - Shilling - Penny:

Die Währung im britischen Weltreich des 18.Jahrhunderts war nicht dezimal geregelt. Aufgrund von historischen Entwicklungen und des Festhaltens an althergebrachten Rechten waren ein Pfund 1,09 Guineen,

20 Shillinge eine Guinee und ein Shilling 12 Pennies. 240 Pennies waren so eine Guinee. Die Kaufkraft war so, dass ein Pfund zuzüglich Kost und Logis etwa dem Jahreslohn eines Hausmädchens entsprach oder dass man für einen Penny genug Gin bekam, um sich zu betrinken.

Royal Bonnets:

»Königliche Mützen« eine ebenfalls volkstümliche Bezeichnung eines englischen Eliteregiments. Leider eine Erfindung des Autors. Traditionell hatten die allermeisten Regimenter Spitznamen, wie die »Piccadilly Butchers«, die »Royal Goats«, oder die »Old Five and Threepennies« (die 53er).

Yards:

Alte englische Längeneinheit, ab 1760 festgelegt als Standartyard bei 3 Foot oder 36 inches, das entspricht etwa 1,09 Meter.

Weitere Bücher des Autors:

(im Buchhandel erhältlich)

MOLLY MALONE
Novelle
Erschienen bei Books on Demand
im Mai 2021
ISBN: 9783753479699

KIES VAN BEEK - TOD AN DER GRACHT
Kriminalroman
Erschienen bei Books on Demand
im April 2020
ISBN: 9783751921183

KIES VAN BEEK - GRAB IM MEER

Kriminalroman

Erschienen bei Books on Demand

im Mai 2021

ISBN: 9783753479323

ANDEO, FISCHERJUNGE

Band 1

Roman

Die Lebensgeschichte eines kroatischen Fischers

Erschienen bei Books on Demand

im August 2020

ISBN: 9783751960861